貓與老鼠從來都是相愛相殺的關係 1

作者 黑蛋白　插畫 嵐星人

CONTENTS

第一案 白塔

第一案 白塔

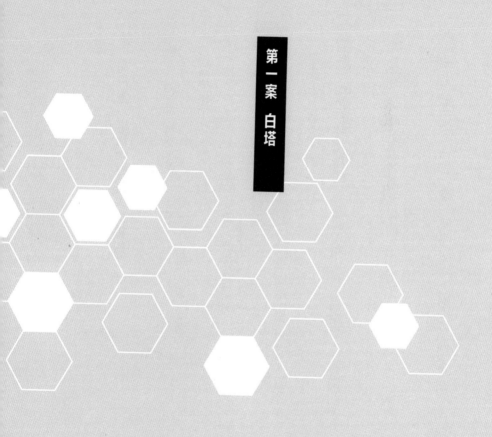

第一章　塔裡的睡美人與她的王子

城市的一隅拉起了黃色警戒線。

馮艾保臉上戴著遮住半張臉的墨鏡，斜倚在車旁。紅色警戒燈光一閃一閃從他臉上掃過，帶起他嘴唇邊的一絲淺笑。

他伸手在車頂上用力拍了拍，接著彎下身從車窗往裡看，對還在車子裡與總部交談的搭檔露出一個大大的笑容。

「你看。」他指指被調高的警戒燈，頻率也被調低了，每隔約半分鐘才會在深色的天空上閃過一道紅光。

何思掛上電話，探頭順著馮艾保的手指看去，很捧場地笑笑。「第一次看到？」

「你說呢？」馮艾保哈哈一聲，反問回去，順手拉開了車門。「快下來，帶你參觀參觀我的少年時代。」

馮艾保與何思已經搭檔十年了，當然不會是第一次看到這種聊勝於無，往半空中投射的警戒燈。

還記得兩人第一次搭檔出任務的時候，同樣是夜裡的犯罪現場，黃色警戒線已經拉上了，地點在城市邊緣的小公園，周圍的居民在警戒線外探頭探腦，低低的交談聲嗡鳴著，聽在馮艾保耳中彷彿夏夜裡糾纏不休的蚊子。

你會很煩，卻又拿這些小渾蛋沒轍。

他們到達現場後，警戒燈便調整了高度跟頻率，像今天這樣，往高空上打去。馮艾保當年還是隻小菜雞，臉上乾乾淨淨隱約帶著點懵懂無知，何思比他早兩年入職，算是他的前輩，很貼心地安慰他。「別怕，有什麼問題都可以提出來。」

聞言，馮艾保立刻立正站好，用一種童子軍般澄澈天真的眼神看著何思，拘謹又好奇地確認。「真的什麼問題都可以提出來嗎？」

這年馮艾保剛滿十八歲，才從學校畢業，在何思眼裡跟隻破殼三秒的小雞沒兩樣，表情和聲音都忍不住帶上慈愛。「可以，你問。我們這一行不怕問問題，怕的是明明有問題，卻裝作不知道。」

少年用力點點頭，在何思幾乎氾濫的體貼溫柔眼神中，用手指向天上的警戒燈。「那個，為什麼要朝天空打？」

豔麗的紅光恰好在夜空中一閃而逝。

「因為有你在啊。」何思溫聲解釋：「哨兵的五感比常人要敏銳許多，警戒燈的紅光對你們的視覺來說刺激太大了，所以才會往天空投射，避免對哨兵的視力造成暫時性的損傷。」

馮艾保靜靜聽何思說完才搖搖頭。「前輩，你誤會了，我知道為什麼要朝天空打燈。」

「那你想問的是……」何思困惑的瞇起眼。

「我只是覺得，這麼敷衍了事的警戒燈，恐怕召喚不出蝙蝠吧。」少年挽著手臂，瞇著純黑色的雙眼朝天上看，乍看之下像是失落，但熟人都知道，馮艾保只是試圖藏起眼中的頑皮而已。

「抱歉?」何思當時不知道少年本性,腦袋瞬間卡殼了,率先懷疑自己是不是聽錯了什麼。

關蝙蝠什麼事情?話說回來,首都圈範圍內有蝙蝠族群嗎?

馮艾保把視線調回自己搭檔身上,眉彎彎眼彎彎唇角也彎彎。「沒什麼,這不重要,我身為哨兵總不會連一隻高科技蝙蝠都不如。」

姑且不論這句話會惹怒多少人,何思倒是察覺到眼前的小搭檔不是外表所見的單純天真。他自信、自傲可能還有些壞心眼,惡作劇得逞的歡快心情被何思的精神力觸手捕抓到,他才驚覺自己適才被人調侃了一番。

沒什麼壞心思,也不是惡意的,但就是……很欠揍。

這十年來,馮艾保沒少開警戒燈的玩笑,當然他嘴裡的高科技蝙蝠也沒少被拉出來溜幾圈,何思從一開始試圖理解,到現在他都心如止水了,隨便馮艾保想怎樣吧!

走下車,何思往左右看了看,感嘆道:「這是我待過最安靜的犯罪現場了。」

唯一在交談的，只有他和馮艾保兩人，周圍也沒有任何一個圍觀群眾，甚至連媒體都沒出現。

法醫和鑑識人員是第一批趕到的，早就在裡面忙碌一段時間了，像一群任勞任怨的工蟻，緊閉著嘴，表情嚴肅到近乎空洞，現場的大燈比普通犯罪現場的燈要暗了幾度，白熾光線陰森森的透出一種莫名的冷意。

警戒線內是一棟幾乎高聳入雲的白色巨塔，光滑的外觀看不出是何種材質建造而成，任何燈光打在塔壁上都會瞬間暗上幾度後很快散掉，整棟建築物除了底層的一扇大門外，從上到下不見一扇窗戶，明明通體雪白卻散發著壓抑的氛圍。

白塔位於一條長街的底端，遠離了城市最喧囂繁華的地區，坐落在城市邊緣。但並不是個陰暗危險的地方，相反的，這附近的治安絕對是整個首都圈最好的區域。

鄰近七個街區都是空曠的富人區，以長街為主幹道，可以從犯罪現場所在的白色巨塔一路望到盡頭的城市中心拱門。這是數世紀前留下的建築物，姿態典雅大方，雪白的石塊在裝飾燈的照耀下熠熠生輝，與白塔遙相輝映。

馮艾保聽了何思的感嘆，輕聲笑了出來。「這不算最安靜的時候，我聽到很多聲音。」

說著，馮艾保下意識伸手揉了揉太陽穴，這是他煩躁時的直覺動作，何思立刻用精神力觸手覆蓋在對方太陽穴上，用以安撫馮艾保的情緒。

馮艾保舒服了，歪著腦袋撒嬌般磨蹭了搭檔的精神力觸手。「走吧！」

兩人對看守的員警出示證件後，撩起警戒線走進了白塔。

說起白塔，算是馮艾保的二個家，從十歲開始到十八歲成年為止，他都在白塔生活。多數人離開後會時不時回來探望教官與老師，馮艾保倒是從沒回來過。

他總說自己是因為忙，只有何思知道，這貨就是討厭白塔的生活，毫無留戀罷了。馮艾保確實也不知道有什麼好留戀的，雖說白塔裡的日子不難過，卻也沒多好過，如果是個對人生大徹大悟的九十歲老人，也許會喜歡白塔裡的日子，可以很好地探索人生活這麼長到底為什麼？

可對花季少年來說，這就像把一株生意盎然的幼苗，從肥沃的土壤中、燦爛的陽光下挖出來，種進了溫室的保麗龍箱裡。

恆溫恆濕養分充足，但就是很無聊。

以前何思聽馮艾保以調笑的語氣抱怨白塔裡的生活時，沒什麼深刻的感受，畢竟馮艾保這人對無聊的閾值低到令人髮指的地步。想想，他都能從打在天空的警戒燈中感受到無聊了。

如今生平頭一遭走入白塔，何思才理解到馮艾保那些話的意思。

與其說無聊吧，不如說壓抑。

和外觀一致，白塔內部也是雪白的，牆面材質與外牆相同，並沒有刷任何油漆或貼壁紙，一丁點的裝飾都沒有，走廊與天花板的情況類似，差別在於走廊上有鋪地毯，只不過也是白色的。

也不知怎麼做到的，這種白並不刺眼，而是散發著淡淡的暗啞光暈，高度的柔和與安撫性，就是何思這種S級精神力的嚮導走進來，都有種立刻卸防的放鬆感。

然而，這種沒來由的放鬆感很快就會觸發人類天生的預警系統，精神會立刻緊繃起來，卻偏偏找不到任何具威脅性的事物，彷彿對著空氣揮刀一般，很快就會進入疲憊狀態。

反覆幾次後，五感跟精神都會受到嚴重的消耗，索性放空一切暫停思考與感知，任由白塔的寧靜包裹住自己。

難怪那些鑑識人員與警務人員的神態會那麼奇怪，看來是白塔內部環境造成的。

「如何？」馮艾保大概是所有人裡受到影響最小的，畢竟他在塔中住了八年，早就習慣了如何應付，現在還有閒情逸致回頭調笑何思。「是不是覺得這個世界好溫柔、好舒適、好無聊啊？」

何思懶得回話，他的精神力特別強，所以消耗也特別嚴重，只對馮艾保翻了個白眼。

兩人在外頭就已經聽員警說過屍體所在的位置了，馮艾保當時吹了聲口哨，沒多問什麼直接撩了警戒線就往裡面走，何思只得快步跟上。

白塔內的路線很單純，約略呈現一個井字型，他們的目的地在位於左上的那個大禮堂。

通向禮堂的大門是整座白塔中唯一的顏色，淺淺的暖黃色，令人精神一振，腦袋都清醒了許多。

大門左右敞開著，整個禮堂約莫有五十坪大小，牆面也是暖黃色的，地面則是象牙白地毯，從牆面上及空間中的布置來看，原本應該是一場宴會或派對。有飲料吧、取餐檯、適合聚餐的圓桌與舒適的椅子，不知道藏在哪裡的音響還在運作中，輕柔活潑的音樂流淌在整個空間。

看得出當初是精心布置的，彩帶的顏色選用、桌椅的色彩樣式、掛在天花板上亮晶晶的彩球，有一顆已經被拉開了，底下飄散著五彩繽紛的紙花。

這些紙花只剩寥寥幾朵，其餘的都被踩得破破爛爛，四散到各處去了。

現場到處是證物標示牌、攝影輔助錐體或照片尺度膠貼，桌椅多半都不在原本擺放好的位置了，應該是學生逃離時推撞的結果，地上還有被踩踏過的食物與飲料殘漬，可以想像當時現場有多混亂。

而這一片混亂的中心卻異常的整齊乾淨。

馮艾保沒有立刻上前，他搔搔鼻尖，用手摸了摸下嘴唇，接著伸舌輕舔了兩下。

何思立刻用精神力觸手安撫他。「忍忍，現場不能抽菸。」

「我知道。」馮艾保不再嘻皮笑臉，他又揉了揉人中部分，深深吸了口氣。「上前看看。」

他們走近整個大禮堂中，唯一沒有被腳印混亂的踩踏，甚至沒有紙花碎片的地方。

那裡乾淨、冷漠、沉寂。躺著一男一女兩個年輕人。

兩人都穿著禮服，少年穿著燕尾服，黑色的布料合身立體，緊緊包裹著青年人柔軟充滿韌性的肢體，腳上的皮鞋擦得錚亮，但似乎稍微有些不合腳；少女倒沒穿得那麼正式，而是件雞尾酒小禮服，緞面銀黑色，沒有過多的裝飾與剪裁，合身的包裹著女性凹凸有致的軀體，一雙修長的腿裸露著，並沒有穿上絲襪，蹬著一雙黑色簡約的高跟鞋。

馮艾保蹲下，戴上了手套，小心地撩開少女臉上的髮絲。

少女安安靜靜躺著，臉上的神情出人意料的恬靜安寧，彷彿只是睡過去了，就這麼一睡不起。

她身邊的少年也是相同的狀況，姿態放鬆，神情甚至說得上安詳，身上沒有可見的外傷，衣物都是整齊的，沒有絲毫破損。

馮艾保回頭看了眼何思，兩人交換了個眼神後，同時找尋起應該還在現場的鑑識法醫。

很快他們就在大禮堂裡音樂聲最大的角落找到鑑識法醫，他是個中年男人，端正的臉上架個粗黑框眼鏡，遮擋不住神情的疲憊，似乎本來是在閉目養神的。

「找我？」他對兩人揮揮手。

「想你了。」馮艾保眨眨眼笑回。

見到他依然充滿活力的模樣，法醫露出苦笑。他也是個哨兵，而且是不喜歡白塔的那種哨兵，進來之後用不了幾秒就成為一隻離水金魚，垂死掙扎著驗完基礎屍體狀況後，乾脆地癱著張著嘴等死。

「怎麼不先回去？」何思作為安撫哨兵的嚮導，自然而然用自己的精神力打算安撫法醫，但很快就受挫，被白塔的特殊性搞得自己難掩疲態。

「我猜你們會想問我問題，所以乾脆留下來等。」法醫通常驗完屍就走，他的主戰場畢竟不在犯罪現場，而是驗屍房。今天，或許是因為同情躺在那兒的兩個年輕男女，也或許是想到曾經的自己，所以就留下來了。

「怎麼了？想起當年的畢業舞會？」馮艾保自然猜到了法醫的想法。

白塔裡住的都是年輕哨兵，從特徵開始明確顯現之後，就會被送到白塔集中生活並接受教育。

平日的生活就是在白茫茫的塔裡，過著沉悶的日子，基於哨兵的生理特性，他們年幼時生理機能尚未發育成熟，並無法很好地控制自己，五感敏感又過度脆弱，在普通環境裡幾乎生存不下去。

在所謂的「外部世界」，他們不是因為高度敏銳的五感搞到精神耗弱瘋掉，就是因為刺激過度直接受到永久性的傷害，比如失聰失明失智啥的。

白塔的存在就是為了保護哨兵，這也是為什麼裡頭的一切都是舒緩單調的，暗啞的白光、隱隱約約的柔緩白噪音、簡單的布局與陳設，以及那不知名卻能有效舒緩精神到直接讓人腦子空洞的特殊氣氛。

每年只有一天，這個用馮艾保的說法是「沉靜得跟墳墓一樣的地方」，才會出現一絲鮮活的氣息。

也就是無數年輕哨兵心心念念的成年禮暨畢業舞會。

顧名思義，這是只有即將畢業的新成年哨兵才有資格參加的盛會，年紀小的哨兵這一天反而是更受壓抑的日子，他們會被拘束在自己的小房間裡，避免過度感知到畢業舞會的音樂與歡鬧聲。

這也是為什麼，身為哨兵的法醫會與死去的兩個年輕哨兵有共鳴的原因。原本，成年禮或說畢業舞會都是讓人最歡樂、最期待的日子，代表著人生將步入新的篇章，充滿著希望與光明，更別說被鎖在白塔裡的這些孩子了。

他們忍受了八到十年不等的拘禁，其中一部分也許會留戀也認同這樣的拘束，大部分則是幽魂般逆來順受，而有極小的一部分痛恨這種監禁般的生活，恨不得立刻長翅膀飛走。

但無論哪一種，不可否認都對能離開白塔充滿了憧憬。

從整個大禮堂的布置就能看出，年輕哨兵們對這次的活動期盼有多深，像是終於找到了自己脖子上鎖鏈鑰匙的金絲雀，歡快得幾乎喪失理智，卻又小心翼翼地深怕走錯一步會導致全盤皆輸。

他們挑選溫柔的粉嫩色彩，謹慎地不刺激自己長年被雪白占據的視覺神經；挑選最柔和舒緩的音樂，也許加上一點小小的刺激，流行曲還不行，但古典樂似乎不錯，可以挑選一些活潑的曲調，也適合跳舞；食物也要調味溫和的，炸的東西還不適合，但烤跟煎的食物也許能嘗試看看，放些調味料的罐子在食物旁，大家可以斟酌著添加滋味，才不會一口氣傷害了長年吃著寡淡水煮菜餚的味蕾……諸如此類。

這種小心翼翼試探世界的心情，馮艾保跟中年法醫都經歷過，相信躺在地上失去生命的兩人也經歷過，再五天就能離開白塔了……再五天。

他們被永遠留下來了。

「所以對死因有大致的推測嗎？」馮艾保問，他不是個會過度陷於感傷裡的人，扣除哨兵這個特殊身分，他以前也不是沒經手過前景光明的年輕人橫死的案件，彼此之間並無不同。

「目前看起來是心搏停止導致的心因性猝死。」法醫回答：「暫時沒看到任何外傷，屍體還很柔軟，肢體末梢有輕微發紺現象，代表有缺氧症狀，但持續不久，很快就死亡了。」

「就沒人發現他們狀況有異常嗎？」何思忍不住問，哨兵的五感有時候比精密儀器還要敏銳，任何一丁點異狀都逃不過他們的感官。照理說，整個大禮堂裡都是哨兵，簡直跟布滿雷達沒兩樣。

試想，一個十平方公尺的屋子裡，窩著二十來隻貓，這時候有隻小老鼠想從牆洞鑽出來偷乳酪，這都不是寸步難行了，而是光一根鬍鬚探出牆洞，就會立刻被貓咪用爪子拎出來吞掉。

現在的大禮堂差不多就是這種狀態，理論上任何蛛絲馬跡都藏不住才對。

「不，今天狀況特殊。」馮艾保與法醫異口同聲道。兩人互看了一眼，法醫抬了下手，把說話機會讓給年輕人，他繼續當張著嘴等死的金魚。

馮艾保同情地拍了拍法醫的肩膀，這才接著對搭檔說：「對我和學長來說，這個大禮堂沒有什麼過度的刺激源，比我們日常生活的環境平緩許多，與白塔其他區域幾乎沒有差別。但你想想，今天聚集在這裡的孩子，都經歷了八到十年的極端無聊生活，他們眼裡除了白色、耳中除了白噪音外，什麼都沒有，這場舞會的色彩與音響，對他們來說已經超過刺激上限了。」

簡單來說，如果今天有個失明許久的人，突然恢復了視覺，當他看到這個世界的時候，就會有過多的色彩跟資訊一口氣湧入，導致他無法分辨哪些訊息是重要的，哪些訊息是次要的，哪些訊息是正常的，又有哪些訊息是異常的。

既然無法分辨，那所有的訊息與情報都是等重的，也就更沒有精力去發現那些隱藏在常態訊息下的細節。

「所以，即使有接近兩百人在場，但大概一個可用的目擊證人都沒有。」馮艾保語氣輕鬆地下結論，法醫與何思卻同時嘆了口氣。

沒有什麼比這個現實更令人沮喪了。普通犯罪現場還能找到些監視攝影器，尤其是學校這種地方，監視器的數量會更密集些，偏偏白塔環境特殊，是沒有監視器的，就算有外部人士，或者有人動了手腳，也無從得知了。

「好吧，我繼續留在這裡也沒用了……」法醫摘下眼鏡捏了捏鼻梁，戴上眼鏡後又深深嘆了一口氣。「其實，我更傾向這兩個孩子是承受過度刺激導致心因性猝死，就是一場意外。」

畢竟他剛進來的時候，音響裡恰好傳出了柴可夫斯基１８１２序曲，大砲聲震得他這個成熟的哨兵都腦中嗡嗡響，耳膜一陣痛麻，更何況這些還沒脫離白塔安全羽翼範圍的小雛鳥？

不排除之前也有類似的刺激曲目。

這個猜測他也與馮艾保和何思說了，何思點點頭承諾會去調查舞會上安排了哪些曲目，馮艾保卻僅僅挑了下眉，散漫地笑了笑，似乎並不當一回事。

但這也不關法醫的事情了，現場調查是馮艾保的職權範圍，不是他的，術業有專攻，他謹守本分也就行了。

「那我先回去了，你們辛苦了。」法醫擺擺手，終於決定脫離缺氧金魚的狀態。

「學長再見，路上小心。」馮艾保敬了個歪歪斜斜的禮，語調歡快得令法醫忍不住嫉妒，怎麼會有一個哨兵在白塔裡還保持這種活力？不可理喻！

所以他對馮艾保沒好氣地翻了個白眼，正打算離開的時候，卻突然想到什麼，又轉回頭來對何思道：「對了，我聽說消息了，祝你新婚愉快，要宴客時記得給我喜帖。」語罷，他又擺擺手加快腳步離開了。

音響這時候傳出了《布蘭詩歌》中〈啊，命運啊〉的曲調，莊嚴中帶著強烈詰問的樂聲與歌聲響起的時候，馮艾保與何思四目相接，哨兵率先移開視線。

「喔，結婚？」馮艾保摸了摸下唇，之前為了觀察屍體摘下的墨鏡又掛回臉上，唇邊的淺笑莫名有種嘲弄的味道。

「我不是故意沒告訴你的。」何思語調發虛，他搓搓鼻翼，精神力觸手討好地往馮艾保探過去。

感受著搭檔從精神力觸手傳達過來的尷尬、無措與歉疚，馮艾保噗嗤笑出來。「其實我早就知道了。」

聞言，何思先是愣了愣，接著飛快縮回精神力觸手，然而馮艾保還是感受到搭檔的惱羞成怒。

「你生氣前我要先幫自己辯白幾句。首先，基於尊重立場，既然你刻意隱瞞，我就當作不知道，前輩，這是我的體貼，沒道理你要因此對我生氣吧？」

馮艾保出生一定是從嘴巴先出娘胎的！何思心裡鬱悶，但又無法反駁，只能瞪了馮艾保一眼，雖然是個將近三十歲的男人了，但生氣時微微鼓著臉頰的模樣還是很可愛。

馮艾保看了他一眼，突然用手指戳了下何思的臉頰，噗一聲像戳破了一隻鼓脹脹的河豚。

兩人沉默相視了片刻，不約而同摀住嘴低下頭悶聲笑起來。

「好吧，這件事算我的錯。」片刻後，何思抹去眼角笑出來的淚花，歪頭看著站沒站像的搭檔，哨兵正背靠著牆，一雙長腿瀟灑肆意地交叉擺放，整個姿態很放鬆，但又帶著隨時可以暴起攻擊的隱約緊繃感。

「我以為你會說自己不是存心隱瞞我的。」馮艾保半掩著嘴，似乎打了個哈欠。

「這種沒意義的謊言我不會說，你也不會相信。」何思學著他，也將背靠在牆上，他的姿態沒有馮艾保的瀟脫，還帶著一種好孩子的拘謹，看著眼前開始收隊準備離開的鑑識人員。

兩人間沉默了片刻，直到馮艾保又打了個哈欠。

「我知道你想問我什麼，第一個問題，我不後悔。第二個問題，我已經深思熟慮過了。第三個問題，不，我從來沒考慮過哨兵。」何思不快不慢，幾乎是一個字一個字說出口。

「喔。」馮艾保聳聳肩，他原本也沒打算針對這件事情對何思提出什麼問題。一個嚮導不與哨兵結婚，卻選擇了一個普通人，肯定是有自己的決斷的，沒有任何人有資格置喙。

從小他就知道，不管某個人的決斷正確與否，當那個人下定決心了，沒有任何人或事可以輕易動搖，也沒那個必要。

何思當然明白馮艾保的意思，他們畢竟搭檔了十年，而且他可以靠精神力感知到不少對方的心情。

「既然事情都說開了，那還有另外一件事，我乾脆也順便說了吧！」何思像是放下心中的石頭，也可能是打算長痛不如短痛，他挺起身，側頭看著馮艾保墨鏡上自己的倒影。「我要辭職了，這是我最後一個月。」一時間本就沉靜的氣氛，更加靜默到令人難受的地步，音樂聲在靜默中震耳欲聾，卻又彷彿離他們很遠。

馮艾保是真的想問何思，這個決定值得嗎？他感覺自己現在迫切需要抽一根。

「你要去詢問教官老師還是要去外面抽根菸？」在白塔裡，何思的精神力起不了什麼大作用，還會讓自己疲倦，而他剛才顯然低估了自己丟出的震撼彈對馮艾保的影響了。

這肯定也是白塔的環境造成的。

「先去外面吧，今天想問事情是問不出來的，不過出去前倒是可以找人拿一下畢業舞會上的曲目清單。」先是柴可夫斯基的１８１２序曲，接著是布蘭詩歌的序章，雖然都是流傳極廣，深受大眾歡迎且熟悉的曲調，卻絕對不適合用在剛成年哨兵的舞會上。

馮艾保還記得自己當年的畢業舞會，在白塔時他就是個特立獨行的存在，老師教官不知道該拿他怎麼辦，白塔的存在是保護未成年哨兵，但當小哨兵自己刻意想盡辦法接觸刺激源時，卻也沒有辦法可以管束，除非影響到了其他人。

這就是馮艾保令人又愛又恨的地方了，他可以說是非常不怕死了，一再挑戰自己高度敏感到脆弱的五感底線，只要沒死成，多大的傷害都無法阻止他任性妄為的腳步。

但他就是有辦法做到不擴散傷害，導致老師教官拿他全無辦法，最後一年為了消耗他過度旺盛跟魔鬼一般探索極限的好奇心，索性讓他當了畢業舞會的總召。

這大概是他們面對馮艾保八年來最明智的決定了。

確實，馮艾保很愛拿自己的底線開玩笑，卻絕對不會把玩笑開到別人身上，認真說起來，只要撇除他擅長鑽漏洞的歪曲才能，他是個非常有責任感跟榮譽心的孩子。

那年，馮艾保帶著幾個要好的同伴和自告奮勇加入的同學，將畢業舞會辦得盛大又完美。甚至可以說，拜他拿自己的身體機能做了八年實驗之賜，他很清楚對這些破殼小雛雞一般的年輕哨兵來說，刺激的上限是哪裡，該如何在不挑戰上限的前提下，盡可能地享受更多五感的快樂。

放音樂就是馮艾保率先開始的。

「我認為輕緩的音樂對年輕哨兵來說是很好的刺激源，只要知道如何選擇，知道底線在哪裡，通常不會造成任何傷害，還會活絡聽覺。」馮艾保帶著何思往老師與教官的宿舍區走，一邊解釋。

「但我相信，你是白塔裡幾十年甚至幾百年才會出現一個的異類，能在畢業前就搞清楚刺激上限在哪裡。」何思輕輕嘆口氣，也算是解決了十年來的一個小小疑惑。

他算是明白，十八歲剛離開白塔的馮艾保為什麼可以沒有一點緩衝時間就進入警隊。雖說哨兵因為優秀的生理機能，成年後本就是軍隊、警隊、國安部門等處搶著要的對象，但剛從白塔出來還沒有找到匹配度高的嚮導前，這些哨兵得先經過一到兩年左右的社會化教育。

簡單說就是習慣普通社會的各種刺激源，比如噪音、鮮豔的色彩、五味雜陳的空氣等等，學著在普通人的社會中善用自己敏銳的五感，而不至於受到不可逆的傷害。

所以，一般哨兵正式進入普通人社會的年紀在二十歲左右，當年才十八歲的馮艾保可以說是特例中的特例，甚至一開始還有人懷疑他是否是個有生理殘缺的哨兵，才能這麼快融入社會。

何思當然不曾懷疑過，他是個成熟的嚮導，很輕易可以探知哨兵的生理或心理機能有無缺陷，馮艾保是他見過最健全的哨兵了。

不誇張地說，健全得有點嚇人。

這就很弔詭，他無數次思考過原因，最後只能歸結於馮艾保就是這麼不按照牌裡出牌的存在，直到今天才終於搞懂了始末。

也許有些人的優秀是天生的，但有些人的優秀是靠不怕死換來的。

「不能這麼說，我原本不進入白塔都行的。」馮艾保歪頭對何思眨眨眼，這是只屬於他們搭檔之間的默契。

何思沒得反駁，只能沒好氣白了哨兵一眼。「你覺得，這次的曲目有問題，是學生沒控制好，還是有人刻意引導？」

乾脆聊點正事比較不會鬱悶。

「這是個好問題，但我覺得曲目問題不大。」馮艾保踢踢躂躂帶著路，周圍都是一模一樣的白色與格局，何思早就搞不清楚自己身在何處了。

「怎麼說？汪法醫也說了，就算是他，在聽見1812序曲時，耳膜也受到過度刺激而不舒服，更何況這些孩子。」何思加快腳步與馮艾保並肩而行，他現在有點喘，但不想在搭檔面前展現出來。

「你們真可愛。」馮艾保用食指頂起墨鏡，露出一雙深邃的眼眸，對何思眨了眨左眼。他的眼型很漂亮，據說叫做桃花眼，不笑的時候像是在笑，笑起來就像在勾引人了。

「我看不出來哪裡可愛。」何思早已不會被馮艾保漂亮的眼睛迷惑了，他痛恨死了對方嘴裡的「真可愛」這三個字。

因為這三個字其實還有其他後綴，比如小傻瓜、小笨蛋、小瞎子諸如此類，調侃的意味滿到可以灌溉半年西部平原農場。

「現在幾點？」馮艾保突然問。

這是顧左右而言他啊！渾蛋！

何思心裡不爽，卻仍然鼓著臉頰看了眼手上的電子錶。「再八分鐘九點。」

「喔。」馮艾保點點頭，帶著何思往左轉後又繼續在又長又直又白的走廊快步往前，沒多說什麼。

倒是何思忍不住了，他往前疾走了兩步，微微超前馮艾保一些，瞪著他問：「你問時間幹什麼？哪有人這樣問後不理的？」

這也並不是馮艾保第一次這麼幹了，這傢伙仗著自己頭腦靈活、五感敏銳，經常早他一步察覺案件蹊蹺，然後就開始壞心眼地吊著他的好奇心了。要不是打不過哨兵，又不敢真的用精神力傷害到對方，何思哪能讓馮艾保得意到現在？

這搭檔什麼都好，就是個性有時候真的欠揍。

「我們到了。」馮艾保猛地停下腳步，還不忘伸手拉了何思一把，另一隻手攔在嚮導後腰上，免得人在慣性作用下摔倒。

但何思還是踉蹌了下，臉都微微氣紅了。「你是不是故意的？為了報復我剛剛說自己要辭職的事情？」他低聲質問。

「你這麼問，我一定否定的。」馮艾保的笑容稱得上無賴，但更討厭的是再怎麼無賴都很好看。

不等何思再說什麼，馮艾保伸手敲了敲眼前白色門扉。

不知道房內的人是不是早就等在門邊了，馮艾保剛敲完三聲，門立刻被拉開來，一個身穿純白色衣褲的女性站在門後，一頭黑髮俐落地束在腦後綁成個短馬尾，神情冷靜到近乎空洞，直勾勾看著兩人。

「妳好，我們是中央警察署刑事科的刑警，這是我的證件。」何思立刻換上公務時的溫和有禮表情，拿出證件展示給開門的女性確認。「他是我的搭檔，也是……」

「馮艾保。」不等何思介紹完，女性開口叫出馮艾保的名字，竟然是認識的人嗎？

「我是。」馮艾保懶懶地靠在牆邊，對女性揮了下手。「我記得妳叫艾琳娜對吧？沒想到妳回白塔當老師了。」

「你們認識……」何思知道自己問了廢話，但眼前的情況他也不知道自己可以說點什麼。

「同一屆的。」馮艾保打個哈欠，將墨鏡推到頭頂上。「如果說我是那屆的黑羊，艾琳娜就是最乖的小羔羊。沒想到會再見到妳。」

「我也沒想到。」艾琳娜點頭贊同，接著將冷淡的視線轉向何思。「你想問什麼？」看來是不打算理會這個從白塔時代就看不慣的老同學。

「是這樣的，我想請問妳手邊有沒有這次畢業典禮的曲目清單？」何思連忙回應。

「沒有。」艾琳娜的回答迅速且冷硬。

「呃……學生不會提交曲目清單給老師審核嗎？」何思透過精神力感受到艾琳娜傳遞過來的抗拒與淡淡的憤怒，不禁尷尬起來。

「你可以問馮艾保，這個問題他知道。」艾琳娜挽起手臂呈現防禦姿態，直視何思的眼眸空洞到瘮人，也不知道是不是白塔的影響。但即使有白塔，還是壓抑不住她對馮艾保的厭惡感。

即使艾琳娜臉上全然沒有表情。

「我以為只有我們那屆才不給老師審核，畢竟沒那個必要。」馮艾保像是沒感受到艾琳娜的冷漠厭惡，又或者他是感覺到了仍故意撩撥對方脆弱的神經，話一出口就見艾琳娜眼角一抽，空洞的表情幾乎當場破裂。

而擁有精神力可以直接感知到兩個哨兵情緒的何思，像是被火燙到一樣，下意識往旁邊挪了半步。

似乎察覺到自己的情緒失控，艾琳娜深呼吸了兩口，勉強讓自己冷靜下來。

「我只是今天的值夜老師，畢業舞會的事情不歸我管，你們可以找A區四十五號房的金教官詢問。」言罷，艾琳娜露出了幾個人見面後第一個明確的表情——一個接近嘲弄的笑容——對著馮艾保。

何思心裡警鈴大作，從艾琳娜傳遞出的情緒猜測，她口中的金教官與馮艾保之間恐怕也有點過節，該不會又是同一屆的好學生吧？

「感謝妳的配合，艾琳娜老師。」馮艾保還不放過這個老同學，用一種刻意到何思都想伸手揍人的瀟灑動作，從懷裡抽出名片來，遞上去時還不忘拋個小媚眼。「妳若是想起有任何案件相關的情報，都可以打我個人的電話告訴我。千萬不要害羞。」

艾琳娜空洞的表情暗了幾分，眉尾輕輕抖動著，何思都怕她下一秒會衝出來給馮艾保兩個耳光。

所幸肢體衝突並未發生，艾琳娜瞪著馮艾保的名片幾分鐘，深深地喘了一口氣，平靜地接過名片放進自己口袋中，接著對何思伸出手。「你不順便給我名片嗎？」

大概是打算聯絡何思就好，關上門後肯定第一時間撕了馮艾保的名片。

「這可不行啊，何思要離職了，這是他最後一個月上班，何必浪費時間找他呢？找我多好？我是哨兵，這輩子都會綁死在中央警察署裡，肯定能找到人的。妳要是想辦個同學會，也可以打電話找我呀！」馮艾保又橫插一腳，反手把何思打算掏名片的手按下去，笑意盈然地對艾琳娜這麼說。

安靜的走廊上沉默了好一會兒，當中只聽見艾琳娜的呼吸聲越來越粗重，最後「碰！」的一聲，房門被甩上了。

何思確定馮艾保是故意的，不管是跟艾琳娜在白塔時代的舊仇，或者他坦白不久的離職通知這個新怨賭氣。

「這樣吧，你先去外頭抽菸，我自己去找金教官就行。」何思實在怕見到金教官後，馮艾保又會搞出什麼花樣，只得先把人勸離開，否則真的什麼消息都別想問了。

「也不是不行。」馮艾保聳聳肩，在看見何思明顯鬆了一口氣後，又彎著嘴唇笑出一顆小虎牙問：「但是你知道A區怎麼過去嗎？」

所謂的一擊斃命，大概是這麼回事吧。

☼ ☼ ☼

正如何思所預料的，儘管最後拿到了畢業舞會的曲目清單，但當他與馮艾保離開白塔的時候，覺得自己整整老了五十歲。

馮艾保站在兩人車旁，背靠著車身，曲起一條長腿，半張臉被墨鏡擋著，嘴上叼著剛點不久的菸，細小的火星在深夜中閃爍，照映不出什麼卻有種別樣的氛圍。

簡單來說，就是覺得這個男人連吸菸都不忘勾引人。

鑑識人員已經收隊離開，剩下少數幾個警務人員收拾現場，那兩具年輕的屍體早已被送往驗屍間，因為死亡的是哨兵，大概率會插隊率先檢驗，最快明早最遲明晚，就能得到詳細的驗屍報告了。

何思把所有教養先丟一旁，直接在車邊蹲了好一陣子才終於緩過神來。雖說精神力還是很疲倦，但總算脫離那種揮空刀般緊繃得無法放鬆的狀態了。

攜帶型菸灰缸的卡扣聲輕響，接著是捻熄香菸的聲音。

馮艾保抽的是特別調製過的哨兵專用香菸，不像普通人抽的那種有各種強烈的氣味，而是類似薄荷淡菸那樣，帶著淡淡的薄荷香，尼古丁的氣味幾乎聞不到，不知道的人第一時間都不會意識到剛剛有個哨兵抽了菸。

闔上菸灰缸收好後，馮艾保剝了一顆糖果含進嘴裡，硬糖在哨兵堅硬得與鑽石有得一拚的牙齒上輕輕碰撞，聲音不大，宛如白噪音般的存在，將何思最後的一抹緊張感抹除了。

他長長吁了一口氣，站起身踢了踢蹲痠的腿。

「說說吧，你和那兩人到底有什麼過節？」回想起金教官見到馮艾保後立刻控制不住扭曲的表情，何思還是不禁縮起肩膀抖了抖。

萬幸兩人是在白塔見的面，在壓制下才沒出現兩個哨兵打成一團的場面，但那種劍拔弩張的氣氛，著實令何思身心俱疲。

他實在不想感知兩人之間的情緒，卻又不得不用精神力觸手盡可能安撫兩個哨兵……不對，他需要安撫的其實只有一個人，就是金教官。而他的搭檔，用始作俑者來說絕對不算誣陷的馮艾保，精神平緩、情緒輕鬆甚至還有點愉快，這就令何思非常不愉快了。

馮艾保攤開手，對自己的嚮導搭檔聳聳肩，臉上滿是無辜。「我也不知道自己哪裡惹他們了，當年他們是老師跟教官面前的好孩子，艾琳娜是女學生主席，金炳輝是男學生主席，在白塔裡的日子過得多愉快啊！老師教官們疼愛，又對他們信任有加，同儕間也以他們馬首是瞻，對青春期的孩子來說，可以說是人生巔峰了。」

這段話把自己撇得非常清，簡直是朵馮小白蓮。

何思直接了當給了他一個大大的白眼，嘖了聲：「那你呢？你也以他們馬首是瞻？如果是，畢業舞會為什麼你是總召？他們呢？」

也許何思的腦袋沒有馮艾保靈活，但他有精神力這個武器，從艾琳娜與金炳輝身上接受到的情緒，可確知是以畢業舞會為中心發作的。綜合之前馮艾保講到自己當年主導畢業舞會的過往，也能推測出幾人的主要矛盾中心是為了什麼。

馮艾保歪了歪腦袋，露出一個耍賴的笑臉。「這不重要，我跟他們之間的往事都過去了，誰喜歡用過去的失敗折磨自己，誰就去折磨，跟我無關，也跟這次的案子無關。」

說著，總是笑吟吟的哨兵突然收斂起臉上的笑容，猝不及防轉變為嚴肅的神情，讓何思愣了愣，下意識跟著打直腰桿嚴肅了起來。

「但是，如果這次的畢業舞會曲目確實在一定程度上造成學生的傷亡，而應當要審核曲目清單的人沒有盡責，那就應該被追究責任。」馮艾保並未特意加重語氣，何思的神經依然被提緊了。

的確，不管曲目的疏失在學生的傷亡中占了多大的比重，都必須得嚴正面對好好檢視才對。

「不過吧，我個人還是不認為學生的死亡跟曲目有關。」上一秒嚴肅，下一秒又軟成半灘泥，馮艾保喀擦喀擦咬碎嘴裡的糖，哈欠著補充了句。

「你為什麼這麼篤定？」從一開始汪法醫對曲目的推斷馮艾保就完全不當一回事，後面也不只表示過一次，他並未將曲目看得如此重要。「你推測的依據是什麼？不要再藏著不說了！小心老子用精神力觸手揍你的精神體！」說到最後何思火氣都上來了，凶神惡煞地對搭檔齜牙。

他今天稱得上身心俱疲，外加心裡隱藏著苦惱許久要怎麼跟搭檔坦白的祕密還猝不及防被掀開，誰再惹他他就真的要爆炸了！他想揍馮艾保很久了，剛好趁著離職前揍一頓！

狠話都放了，自然不是開玩笑。饒是馮艾保這種頂尖的哨兵，也經不起一個S級嚮導對自己精神體的攻擊。

貓與老鼠從來都是
1
相愛相殺的關係
NOT FOR SALE
©黑蛋白 Illustration：嵐星人

貓與老鼠從來都是相愛相殺的關係 1

作者 黑蛋白 插畫 嵐星人

黑蛋白

NOT FOR SALE

台灣角川

哨兵到底能不能吃辣？

END

他很識時務地露出討好的微笑，對車子歪歪頭。「我們回去的路上說？我不想繼續待在白塔的範圍裡了。」

這點何思倒沒有異議，他今天晚上看到了四個哨兵對白塔的不同反應，馮艾保的表現堪稱異常，而汪法醫顯然是普遍哨兵會有的反應，躺平隨波逐流，不反抗也不完全妥協。至於艾琳娜及金教官就是馮艾保的對立面，極端服膺白塔的影響，已經到了失去自我的地步。

儘管馮艾保到現在都像沒事人一樣，受到的影響彷彿比他這個嚮導都輕微，但實際上究竟如何，其實何思是不敢輕易下定論的。這傢伙慣會隱藏自己的情緒，也不知道一個哨兵怎麼有辦法在嚮導面前保持神祕。

曾經的何思很困擾，現在的何思一樣放水流了。馮艾保就是個古怪的傢伙，不能當作一般哨兵看待。

兩人分別上了車，何思發動車子很快駛離了白塔的範圍，進入圍繞白塔的富人區街道上。

「還記得我問過你時間嗎？」馮艾保這次倒是沒再繼續玩花招了，率先開口表示誠意。

「記得。時間有什麼問題？」長街上的路況很好，這個時間幾乎沒有車子在路上行駛了，何思也就分了一部分的精神給馮艾保。

「如果畢業典禮的行程和我當年一樣，那就是今晚的六點開始九點結束，總共三小時。」馮艾保收起臉上的墨鏡，隨手拉開前座置物箱，把墨鏡扔進去後故意碰一聲關上。

何思皺眉瞪了他一眼，倒不是擔心哨兵敏感的耳膜，而是怕置物箱的卡扣壞掉。別人家的哨兵也許比卡扣脆弱，他家的哨兵十個卡扣都幹不過。

「這個時間很合理。」

「確實很合理，所以我才會說與曲目關係性不大。你想想，接到報案的時間是晚間七點二十八分，法醫他們到達的最快時間通常會是八點左右，最晚不超過八點十分，再十分鐘後我們到達現場，見到屍體的時間約莫八點半，與學長交談的時間頂多十分鐘，他離開的時候大概八點四十多分……大致沒有問題吧？」

因為命案發生在白塔，出警的速度會比普通犯罪現場要快上許多，畢竟中央警察署離白塔也不算太遠。

何思沉默片刻，在心裡順著馮艾保提出的時間線捋了捋，最後點點頭。

「對，你的時間線應該是準確的。」

哨兵連當計時器跟碼表都一樣好用。

「那也就是說，八點到八點十分之間，音響播放了1812序曲，之後直到八點四十幾分，才播放了布蘭詩歌的序章〈啊，命運〉。」最後三個字，馮艾保用莎翁劇的聲調念出口，何思忍不住用精神力觸手往他身上揍了一拳。

馮艾保裝模作樣地哀了幾聲痛，眼看何思又要揍過來了，他連忙端正起表情繼續說：「剛成年的哨兵確實很脆弱，都不能說是剛破殼的小雛雞了，雛雞比他們還要堅韌得多。」

何思噗嗤笑出來，精神力觸手半是威脅半是安撫地在自己之前揍過的部位摸了摸。

「但再怎麼脆弱，他們畢竟是哨兵。也許會受到一些刺激，但無論是大砲聲或大合唱，都不可能把人刺激到死亡。他們的生理機能是正常且強壯的，並不是有心臟問題的病人。確實過度刺激會讓哨兵的精神或肉體受到傷害，但你覺得古典樂有足夠的時長去持續性給予哨兵高強度的刺激嗎？」沒了墨鏡遮擋，馮艾保漂亮的眼眸一覽無遺，盯著人看的時候令人有種被看透的悚然感覺。

何思被問得啞然，甚至連開車的心情都沒有了，恰好看到路邊有空著的停車格，索性把車停下。

「但是，汪法醫也說了，他覺得年輕哨兵可能承受不了……」話說到此處，何思也猛然停頓下，接著輕輕抽了一口氣。「你說，畢業舞會放音樂是從你那屆開始的，也就是說在那之前，白塔的畢業舞會並不播放音樂？」

「你總算反應過來了。」馮艾保誇張地對他鼓了鼓掌。「我可以理解學長對年輕哨兵的錯誤判斷，因為他當年並沒有接受過舞會的音樂洗禮。相信我，就算當場聽到1812序曲，就算聽砲聲最震撼的版本，體質弱一點的孩子頂多耳鳴兩天，不可能被嚇死。當年我那場畢業舞會上，最刺激的音樂是齊柏林飛船的曲子呢。」

馮艾保膽子真是夠肥的，竟敢用齊柏林飛船？那可是重金屬搖滾樂啊！

「當年那些耳鳴兩天的孩子裡，是不是就包括了艾琳娜跟金教官？」何思瞬間融會貫通了。

馮艾保笑出了虎牙。「不是兩天，是七天。他們以為自己要聾了。」

真他媽欠揍！

「所以依照我當年留下的慣例，曲目越晚越刺激，八點出現１８１２序曲，八點四十多出現布蘭詩歌序章，這屆孩子還是挺謹慎的。我想金炳輝應該沒有怠忽職守。」馮艾保逕自下了結論。

何思半張著嘴，下一秒猛然往馮艾保肩上狠狠揍了一拳，接著怒吼：「你之前還誤導我！」

如果今天是個普通的命案，何思絕對不會像這樣被馮艾保牽著鼻子走，偏偏死亡的是兩個哨兵，這傢伙直接利用信息不對等糊弄他啊！玩得還挺高興啊！

何思是真的想用精神力觸手抓出馮艾保的精神體揍幾拳了！

「我一開始只是想幫學長留點面子，他那麼感傷還留在現場等我們問話，總不能當場拆他的台吧？」馮艾保肩膀沒多痛，他的體質強過何思太多了，但仍然裝模作樣地擺出無辜的苦瓜臉，揉著肩膀委委屈屈辯白。

「我信你的鬼！」何思氣沖沖地狂吼，精神力觸手張牙舞爪地對馮艾保威嚇。「信不信我弄傻你！」

不信，但馮艾保不能說，他只能假裝瑟瑟發抖。

「你還有什麼線索最好都說出來！再瞞著我，哼哼！我到離職前還有一個月時間呢，天天揍你的精神體當離職禮物也行。」

「別別別，手下留情！我的精神體那麼可愛，你怎麼忍心痛下死手？」馮艾保裝模作樣地示弱，何思雖然知道是裝出來的，但不得不很丟臉地說，他還挺吃這一套。

「說吧，你還發現了什麼？」再次把車開上路，何思吼了幾聲後，算是把今天累積的鬱悶跟疲勞都抒發了不少。

「死的兩個人應該都偷溜出白塔過，他們身上的禮服料子跟裁製方式有問題。」馮艾保這次很爽快地繼續說：「燕尾服跟小禮服看起來都不是純棉材質，學生也沒錢買真絲材質，那只能是合成纖維了。白塔裡的小鳥們穿的都是純棉衣物，即使是畢業舞會的禮服也是用棉質的。當然，如果你有辦法溜出白塔幫自己買特別的禮服，也不是不能穿，教官跟老師是不會管束的。」

「只是一般年輕哨兵不會這麼幹，也不知道怎麼溜出白塔對吧？」何思抽空看了馮艾保一眼，搶在他開口前道：「也是從你那屆開始，也許是留了什麼代代相傳的祕密路線圖之類的東西，開始有年輕哨兵知道如何溜出白塔了？」

「別這麼說，我只是開了一扇窗，至於要不要爬窗那是個人選擇。」簡直是把人形不沾鍋。

「艾琳娜跟金教官的脾氣真好。」何思沉默片刻後，感慨。「你總不會懷疑衣服有問題吧？」

「誰知道呢？」馮艾保聳聳肩，對搭檔眨了眨左眼。「我也只是提出一個比較有跡可循的可能性而已。」

第二章　俄羅斯藍貓見到了那隻黃金鼠

馮艾保的早晨序幕是從一杯焦糖瑪奇朵拉開的。

咖啡跟茶是哨兵最常接觸的刺激性食品，只要控制好不過量，一天三、五杯的容許量還是沒問題的。

酒的部分就要挑了，便宜的酒不能多喝，貴的酒喝不了太多，說起來跟一般人也沒什麼兩樣。

他總是趁著清晨還沒有太多人擠在咖啡廳買早餐的時候，先跑去買自己跟搭檔的早晨那一杯咖啡，之所以不讓何思買，是因為何思總會下意識幫他買低咖啡因那種。

馮艾保感動於搭檔的貼心之餘，也覺得無奈。他都快三十歲了，已經進入哨兵最黃金的年齡，身體機能好不說，對五感的掌控度也逼近爐火純青。再說了，哨兵的精神力雖不如嚮導，但依然能建立基礎的屏障，不至於讓自己完全暴露在刺激源當中。

更何況，他還有何思這個嚮導搭檔，這麼好用的信息阻斷器不善加利用多可惜呢？要不是何思拒絕替他設立強力屏障，馮艾保才不會還抽著淡而無味的哨兵專用菸，他早想嘗試看看更有味道的香菸品牌甚至雪茄了。

當然，這種小事馮艾保沒少跟何思抱怨過，但何思十年來不為所動，堅持不在享樂上替他開綠燈。

沒辦法，誰叫他們只是搭擋，並非結合伴侶呢？而今，何思要跟普通人結婚了，也不知道之後接手工作的會是誰。

想到要重新適應一個嚮導，馮艾保脆弱的小心臟也惴惴不安啊。

昨晚兩人離開現場後並沒有回警局，也沒必要。何思開車送馮艾保回家後才獨自離開，道別的時候還特意用精神力安撫了一下馮艾保。

這麼好的搭檔，就要被一個不知名的傢伙拱走了，馮艾保覺得很傷心，傷心到今天沒有心情工作。

所以當他買好了自己的焦糖瑪奇朵後，愉快地打了通電話給組長打算請假。

『你給我滾來上班。』刑事重案組的組長是個年長的成熟嚮導，對哨兵們非常有震懾力。『不要以為隔著電話我的精神力觸手揍不到你，就想偷雞摸狗。你要不就乖乖在一小時內準時出現，不然我就親自去找你，強制扣留你的精神體三天。』

所謂人狠話不多，多半就是指重案組組長這種類型了。

饒是馮艾保這個皮蛋，也只能乖乖苦著臉收線，轉頭替何思買好了咖啡，滿臉憂鬱地上班去。

雖說這個時代是個和平時代，國際間完全沒有什麼大衝突，局部地區的衝突也都在可控制範圍內，但對刑事重案組來說，無論世界有多和平，殺人案總是層出不窮。

所以當馮艾保捧著自己的焦糖瑪奇朵，悠閒地在位子上偷薪上網看八卦的時候，有兩個小組匆匆經過他身邊，急促著交談著準備趕往犯罪現場。

「喲！」馮艾保分神打了個招呼。

「嘿。」其中一個哨兵同事回應了聲。「你沒去何思那裡嗎？」雖然急著離開，同事還是忍不住停下來聊兩句。

畢竟昨天汪法醫說自己「不小心」把何思要離職的消息透露給馮艾保，大家都有點好奇這對黃金搭檔會不會鬧什麼矛盾？

倒也不是有什麼壞心，單純是看熱鬧罷了。

「他來了嗎？」馮艾保眨著眼無辜反問。

「早來了，半個多小時前就到驗屍間去了。」這次回話的是另一個嚮導同事，與之前和馮艾保打招呼的哨兵是搭檔，兩人還是已經肉體結合的伴侶，毫不掩飾自己看八卦的興致。

「他沒跟我說。」馮艾保咕噥，摸出手機看了眼。這才發現自己的手機竟意外按到靜音，上頭十幾通未接來電。他嘶了一聲揉揉下巴。「我沒接到他的電話……好吧！希望他不會氣到揍我。」

「你是故意的吧？」哨兵同事壓低聲音問。

「故意什麼？」馮艾保硬是要裝傻，他才不想當同事之間茶餘飯後的談資咧！

「何思要跟普通人結婚，還要離職的事情啊！」嚮導同事索性開誠布公了。

「老實說這件事情，我們都很驚訝。」

這邊的我們，不只代表刑事重案組，還同時代表整個中央警察署裡的人。

基於哨兵和嚮導的體質特性，軍隊、警察跟情報機關幾乎是他們兩者的天下，很少有普通人在這三個機構任職。以警察機關來說，一般只有高級管理職或者文書人員及部分鑑識人員會用上普通人，但凡沾上案件的職位九成九都由哨兵與嚮導統包了。

這當然是基於人盡其才的想法，哨兵嚮導人數原本就少，又為何要浪費他們的生理優勢？

也因為這種社會氛圍，加上哨兵與嚮導結合後能更有效地抑制哨兵隨著年齡增長，可能出現的精神傷害及狂化症狀，同時能有效避免嚮導年長後容易陷入的混沌狀態，所以長年來不成文的規定，默認哨兵應當與嚮導結合成為伴侶。

但近幾十年來，這種默認的規則也受到很多挑戰而鬆動了，其中醫藥科學進步就是這個結果最大的推手。

嚮導素與哨兵素藥片如今已經能大量生產，品質好且售價非常低廉，天天吃的話甚至都沒補充維他命貴，可以很好地解決年長哨兵與嚮導問題，大大延長了哨兵嚮導的生命與職場上的工作年限。

可是即使有如此好用的藥品出現，對低階哨兵嚮導來說確實是夠用了，然而對何思那種S級的嚮導來說，仍遠遠不如與哨兵結合來得無後顧之憂。

這也是為什麼他的婚事與辭職的決定引起大家的關注。

「喔。」馮艾保就回了這麼個單音節。

那對哨兵嚮導同事交換了個眼神，嚮導又問：「你有沒有……什麼消息能透露一點？」

「有。」馮艾保啜了一口瑪奇朵，勾起唇角點點頭。

「是什麼？」對面異口同聲問。

「如果你的精神力觸手再靠近我一點，我就要去找組長告狀了。說你意圖窺探我的隱私，有職場精神力騷擾的嫌疑。」馮艾保眨眨勾人的桃花眼，臉上的笑半點動搖都沒有。

在場幾個人彷彿都聽見了精神力觸手「颼！」一下縮回去，狼狽又尷尬的聲音。

「我不是……我沒有……我就是……」嚮導同事急著辯駁，卻發現自己好像說什麼都是劣質藉口，最後只能尷尬地摸摸鼻子。「對不起，我踰越了。」

「你們不是要趕去現場嗎？說真的，從我這裡是不可能得知更多消息的，別忘了我可是整個中央警察署最後一個知道這件事的人，在我身上浪費時間毫無意義啊。」馮艾保伸手友好地拍了拍哨兵同事的肩膀，乍看之下力氣不大也很親密，同事的臉色卻倏地有些泛白，額際冒出冷汗。

嚮導同事也猛地縮了縮肩，拉著自己的伴侶退了兩步，表情都不能說尷尬，只能說恨不得挖個洞把兩人一起埋起來還比較爽快。

「對不起，真的很抱歉，我們也沒什麼惡意，就是……就是……真的想不通……」嚮導同事連忙又開口道歉，一邊用精神力觸手安撫剛剛不知道被馮艾保用什麼方式攻擊了的伴侶，莫名混亂起來的精神。

馮艾保雖然是個哨兵，卻很特殊。這是多數同事都心照不宣的事實。一般時候大家也不會特別去挑釁他，或者故意冒犯他，只要別踩到馮艾保的雷區，他就是個和善又有趣的同事，大家說真的都很喜歡與他相處。

但也因此，這對哨兵嚮導伴侶才不小心忘記了，這人他們是真的惹不太起的。其他虛的都不說，打從馮艾保進入警察體制與何思搭檔後，這十年來他兩人都是破案率最高的警探組合，無論什麼疑難案件都率先往他們身上扔，也從未有他們破不了的案子。

光這點，就足夠令人歎為觀止了。

「也沒這麼嚴重，就只是個提醒而已。」馮艾保笑咪咪地對兩人眨眼。「你們還是快去現場吧！別耽誤時間了。」

「說的也是，我們先走了……」哨兵已經在伴侶的安撫下恢復平靜，臉色依然有些蒼白，乾笑兩聲後拉著自己的嚮導就要走。

馮艾保臉上的笑容像一張面具，目送兩個同事拉開門灰溜溜地逃離，此時外頭的空氣被帶進來，猛地撲在馮艾保臉上。

笑容瞬間消失，他絲毫沒察覺自己深深吸了一口氣，近乎貪婪，彷彿恨不得把剛剛吹入的那些空氣全部吸進自己的肺裡。

「等一下！」他叫著還沒來得及走掉的同事，兩個人一起抖了下，同時膽顫心驚地頭回看他。

「有、有事嗎？」哨兵將嚮導往自己身後拉了拉，他現在確定了，不管馮艾保表面上表現得多正常，都與往日友善風趣的那個人完全不同。

「你沒有聞到嗎？」馮艾保反問。

「聞到什麼？」哨兵聞言也抽抽鼻子吸了幾口氣，臉上表情很疑惑。

「這應該是……」馮艾保又深深地吸了一口氣，很緩慢很緩慢地一點一點往外吐，眉宇間隱約流洩出一抹迷醉。

嚮導同事抖了起來，他不敢把精神力觸手伸向馮艾保，也不知道這個傢伙剛剛是怎麼察覺他的精神力的，一般來說除非直接觸碰，否則哨兵無法察覺到嚮導刻意隱藏的精神力觸手。

但即使如此，他還是覺得眼前的馮艾保看起來……有點變態。

他真的沒有惡意，也不是挖苦，這真的是他腦子第一時間由衷冒出的感受。

他的哨兵顯然也是相同感覺，將他又往身後藏了藏，一點一點往門外挪。早知道就不要好奇八卦留下來了，否則這個時間點他們都在路上了！

馮艾保終於甘心吐完吸進肺裡的空氣，他半揚起線條分明又俐落漂亮的下顎，嗅了嗅半空中殘留的氣味。

「是個年輕的嚮導，還不太能藏好自己的味道。」說著，他露出一抹淺淺的笑。

僵在門邊的那對同事像被火燒到似的，哨兵刷一下半抱起自己的嚮導，一溜煙跑得沒影，簡直像有鬼在身後追。

門碰一下闔上，又因為作用力彈開，然後再次甩回來關上。

這一來一回帶入了更多外面的空氣，馮艾保大口吸進這些空氣，細細品味其中淺淡得幾乎消散的，屬於年輕嚮導的，清凜又甜美的氣味，久久不能自已。

於是，當何思從法醫那邊回來，打開門走進辦公室時，就看見了自己一整個上午找不到人的搭檔，像個偷內褲的變態一樣，臉上帶著迷醉的滿足，癱坐在空無一人的辦公室裡。

還是，趁離職前揍一頓好了。

不過離職前還有一個月，何思最終只是翻了個白眼，走過去拍了下搭檔的肩嫌棄道：「你硬了，要去廁所解決一下嗎？」

誠實說，就算不戴搭檔濾鏡，馮艾保的小兄弟也能稱得上一把重型火砲，也因此更加不堪入目。何思本來是打算將驗屍報告分享給他，順便討論下案情的，現在卻完全沒有心情。

他實在想不透，什麼樣的人會在毫無刺激源的無聊辦公室裡勃起呢？更別說還露出一臉爽到迷離的表情。

馮艾保輕輕抖了抖，失焦的雙眼緩緩恢復焦距，從門口慢吞吞、依依不捨地游移回何思一言難盡的面孔上。

「我聞到一個嚮導的味道，剛成年的，很純粹，很強烈，很甜美而且還很凶。」馮艾保像個剛碰上自己夢中情人的少年，低柔的語氣裡滿是纏綿，末尾點綴淡淡的笑聲。

「很矛盾。」何思面無表情地評論。

「確實很矛盾。」馮艾保歪著腦袋凝視他，渾然不覺得自己說了些什麼亂七八糟的。「今天有剛畢業的小嚮導來局裡參觀嗎？」

正值畢業季搶人期，軍隊警界情報界這些日子像餓了八百年的惡龍，雙眼貪婪的目光鎖定著一個個鮮活的青年人。

嚮導通常比哨兵早一步畢業投入職場，這段時期幾乎都是在幾個政府機構中參觀，好確定自己的志趣在何方。

當然，個別早就有決定的嚮導，會直接在參觀途中簽下入職同意書。

「我不知道，這不歸我管。」何思聳肩，拉過自己的椅子在馮艾保對面坐下，用精神力觸手在搭檔背上用力打了兩下，試試看能不能打散這個哨兵滿腦子的粉紅與黃色。

「你打痛我了……」馮艾保輕嘶兩聲，總算從芬芳的嚮導素中清醒過來，只剩眼白殘留著淡淡的血紅，說明他剛才著迷到什麼程度，都快控制不住獸性了。

「為什麼沒有接我電話？」何思懶得理他的哀號，這傢伙皮粗肉厚，他又沒攻擊對方的精神體，嚮導的肉體攻擊對哨兵來說簡直連搔癢都說不上。

「我按到靜音了。」馮艾保也沒浪費時間繼續裝可憐，面對工作他還是很盡責認真的。順手拿出自己的手機當證據。「可能是早上我打給組長請假沒請成，怕他打電話來罵我，就順手關靜音了。」

何思的精神力觸手直接往馮艾保額頭抽下去。「你竟然有膽子請假？怎麼樣？你是怕我離職前太無聊，還是怕我婚宴前身材不夠好，想讓我揍你的精神體健身？」

「唉呦，幹嘛這麼生氣嘛！我就是……」馮艾保癟了下嘴，攤手聳聳肩。

「你的咖啡不趕快喝要冷了。」顧左右而言他得非常沒技術含量。

何思給他個白眼，拿過咖啡喝了幾口，倒也沒繼續揪著不放。「汪法醫說，兩個受害者的死因是藥物造成的強烈過敏導致的心因性休克。」

「藥物過敏？」馮艾保挑眉，卻似乎並不如何意外。「有檢驗出是什麼藥物嗎？」

「汪法醫說了一堆專有名詞，我記不住，你可以自己看。」何思將裝著驗屍報告的牛皮紙袋遞過去，馮艾保接過後並不急著打開閱讀，仍專注盯著搭檔等他繼續往下說。「不過簡單來說，是防腐劑混合清潔劑揮發的氣體，吸入後導致強烈過敏，最終在很短的時間內死亡。」

「我猜猜，這些東西是從禮服揮發的？」

「對……」何思懶得問馮艾保怎麼知道的，打從一開始這傢伙似乎就盯著禮服不放。「你覺得，這是意外還是刻意謀殺？」

「你給我點時間，我看完報告回你。」馮艾保聳聳肩，抽出牛皮紙袋裡的報告，一目十行地往下看。

總共有十幾頁報告，詳細寫明各項檢驗結果跟最後判斷。

何思慢吞吞喝著咖啡，他桌上有一盒甜甜圈，是早上進警局的時候大門前台送他的，說是新婚賀禮。非常實用，而且絕對吃的完。

打開來，裡頭是他常吃的幾種口味，藍莓乳酪夾心的有兩個，圓鼓鼓的肚子裡灌滿餡料，灌入的破口處還流了點出來。何思愉快地拿起其中一個，正打算咬，那頭馮艾保抖了抖讀完的驗屍報告。

「我聞到覆盆子的味道。」意思不言而喻。

何思拿出那個唯一的覆盆子內餡甜甜圈，撕了一半下來，剩下的才遞過去，完全無視馮艾保垮下的嘴角。

「你已經喝了焦糖瑪奇朵，無論是哨兵或一般人，都不該攝取過多的糖分。想想你的腹肌。」何思振振有詞，對照那半個灑滿糖霜的甜甜圈，還真是沒辦法反駁。

馮艾保又能說什麼呢？他只是一個無助可憐的哨兵，被自己的搭檔壓制得死死的，要是不乖還會被揍精神體，有半個甜甜圈就該感恩戴德了。

兩人靜靜吃完遲來的、不健康但很愉快的早餐，何思還當著馮艾保的面吃了藍莓乳酪餡跟剩下的半個覆盆子餡的甜甜圈，馮艾保嫉妒得要死。

「你也可以跟我一樣喝黑咖啡。」蓋上甜甜圈盒子，何思擦著嘴總算有種扳回一城的舒爽。

不可能，下輩子都不可能！

黑咖啡太苦，雖然有哨兵可以從黑咖啡的苦味中喝出澀味、甘味、酸味跟五花八門的味道，但那不是馮艾保，他的舌頭只喝得出咖啡的苦，他的人生不想要繼續吃苦。

「言歸正傳，你覺得呢？」問得是這次命案到底是意外還是謀殺。

「皮膚沒有變色，還是柔軟的，有些許皮疹，但並不太嚴重，從穿上到發作……死亡時間是七點二十分左右，現場慌亂了一陣子才打電話報警，也就是說他們起碼穿著這身禮服九十分鐘到一百二十分鐘。」馮艾保翻開驗屍報告，把自己唸出來的部分指給搭檔看。

「嗯，汪法醫是這麼判斷沒錯，我在現場看到的屍體狀況也與敘述一致，至於有沒有其他我沒注意到的細節……有個人為了避免被組長問責，愚蠢到把電話靜音，導致沒能到現場參與驗屍，所以若有任何遺漏，我們都知道該負責的人是誰。」何思昨天因為白塔的緣故腦袋有點遲鈍，思緒也沒了往日的靈活。睡了一覺恢復後，嘴上就再也不饒人。

馮艾保陪笑。「我相信學長的觀察，他那麼感性的一個人，看到年輕哨兵的屍體肯定會檢查得特別仔細。要不然哪來這一疊報告呢？」

並不是說汪法醫平時會怠忽職守，而是人總會有私心，他對即將離開白塔卻喪失生命的小哨兵特別同情，自然也會特別用心了。

這點上何思倒沒有異議，他點點頭。「所以，你也認同汪法醫說的，這次事件大概率是意外？」

「不確定……」馮艾保沉吟道：「從衣服上驗出的藥物劑量來看，不是正常服飾店會使用的劑量，姑且不說清潔劑，怎樣的服飾店會把這種專門防腐屍體的防腐劑使用在衣服上？而且，我昨晚的猜測有錯，衣料並非合成纖維，居然是真絲的……白塔裡的小雛雞哪來的錢買真絲製品？」

真絲的襯衫與真絲小禮服，貼身的那一側都有些藥物導致的變色，雖不嚴重，但也影響了品質跟售價，一般服飾店不太可能販賣這種有明顯瑕疵的製品。

「二手衣販賣店？」兩人異口同聲道。

「這樣倒是合理的，有些二手衣狀況比較差，需要劑量更大效力更好的清潔劑去清洗汙漬，甚至會用上化學藥劑。也難怪這兩件真絲製品會有這麼嚴重的瑕疵，這間二手衣店並非特別細心謹慎的那種店家。」何思道。

「那防腐劑呢？你覺得衣服上為什麼會出現防腐劑？」馮艾保又問。

何思一愣，皺著眉思索片刻後。「我有個猜測，但是……現在不好驗證。你大概也跟我是一樣的想法吧？」

馮艾保沒回答，聳了聳肩。

「總之，我們先找到他們買衣服的商店後再說。」何思拍板下了決定。

「我沒異議。」哨兵攤了攤手，將報告裝回牛皮紙袋裡。「那兩個孩子的家人接到通知了嗎？」

「沒有。」何思重重嘆了口氣。「得到的資料顯示，他們兩人都是普通家庭出生的孩子，家族往前追溯六代都沒有哨兵或嚮導，所以進入白塔後就跟家人切斷聯繫了。」

「他們是高級哨兵？」馮艾保心領神會。

哨兵跟嚮導是低概率的基因突變，原因至今未明。普通家庭也可能生出哨兵或嚮導。而哨兵與嚮導的結合，卻多半都只會生出的普通孩子。

過去很長一段時間，世界還不那麼太平的時候，哨兵跟嚮導確定基因突變後就會分別被關進白塔與黑塔中。白塔住著哨兵，黑塔住著嚮導，遙遙對望著矗立在城市的兩端。

後來世界趨向和平後，黑塔就被廢除了，嚮導得到了解放，可以在普通社會上生活成長，只需要在特徵開始出現後增加嚮導專屬的教育科目就行。

然而哨兵因為五感的脆弱性與體質遠超常人的特性，基於保護雙方的立場，特徵顯現之後就會被集中到白塔裡接受隔離與教育。

但即使如此，很多人對哨兵依然有不安及畏懼，因為哨兵隨著年紀增長，精神方面的損傷會加重，很容易狂化，低階哨兵還好些，高階哨兵就是枚不定時炸彈，若未能與嚮導結合，往往會在社會上造成嚴重的傷害事件。

不過這都是很久以前的事情了，近幾十年來，因為嚮導素的廣泛使用，加上完善的配套措施，基本上很少發生哨兵狂化傷人事件。

即使如此，很多人依然對哨兵避之唯恐不及，特別是那種從未出現過哨兵的家庭，往往在孩子進入白塔後就單方面停止聯繫。未來，端看哨兵離開白塔後，還願不願意去接觸自己的原生家庭，這些家庭願不願意接受自己的孩子並重拾親情，那又是另外一回事了。

「對，兩個都是A++級的哨兵，未來可能成長成S級哨兵……所以，才會發生這種遺憾吧。」何思不勝唏噓。

「誰知道呢。」馮艾保低垂著腦袋，遮掩住臉上的表情，用手彈了彈裝報告的牛皮紙袋。「對了，你什麼時候要辦婚宴？」

沒料到被突然這麼一問，何思一時沒反應過來，呆了好幾秒發愣。

「你既然已經先登記了，現在也是已婚身分了，婚宴就可以慢慢籌劃，我可以幫你啊！」馮艾保抬起頭，雙眼亮得扎眼。

「不是……你為什麼突然……啊？」何思的精神力亂了一瞬，向來深藏在精神圖景中的精神體跳了出來，是隻黃鶯，啁啾著繞在馮艾保身邊叫個沒完。

翻譯出來，大概都是罵人的髒話。

他是真的趕不上馮艾保跳脫到極致的情緒轉變，以前勉強還能半死不活地追著跑。但打從昨晚開始，這傢伙的情緒就跟脫韁的瘋馬一樣，完全沒有方向的撒腿亂跑，他別說跟上，根本連馬屁股都看不到。

「我昨天以為自己可以消化你結婚的消息，但我剛剛發現……我恐怕對自我的判斷有錯誤。」馮艾保倒是坦承，他攤攤手，神態很輕鬆，說出口的話卻有如重磅炸彈。「我想不透……而且我不理解為什麼你能在我不知道的地方與人有緊密的負距離接觸，還能不被我發現？你為什麼要隱瞞我？」

「謝謝你把做愛講得那麼委婉。」何思沒好氣地回道：「這是私事，而且我本來並沒打算隱瞞你。實際上，我原本計畫邀請你這週末去我家吃飯，介紹我丈夫跟你認識。」

誰知道昨天會被汪法醫說破呢？何思只是一直不知道怎麼開口比較好，加上平時工作忙，拖著拖著不小心就先結婚了。

「好吧，既然你誠心邀請了，我沒有拒絕的理由。」可以說是非常得了便宜還賣乖了。

何思感覺自己的白眼都快翻成習慣了。他沒好氣地與馮艾保約好時間，地點倒是兩人都熟，就是何思目前居住的地方，婚後也不打算搬家。

「對了，我剛剛好像看到你的精神體從門縫鑽出去……幹嘛去了？」何思突然覺得似乎有什麼地方不對勁。

剛剛那隻圓胖的精神體鑽出門縫，肉肉的屁股對著兩人搖搖擺擺的時間點，好像就是馮艾保突然提到婚宴的時候。

哨兵露出一抹單純清澈的微笑。「喔，牠就是出去逛逛。」

☼
☼
☼

蘇小雅覺得自己聽見了小動物四個腳掌噠噠奔跑在地面上的聲音。

他停下腳步，左右張望了一圈。

「怎麼了？」身邊的同學好奇地湊上來問。

「你沒聽見嗎？」蘇小雅困惑地摸了摸自己的左耳，小巧活潑的腳步聲應該出於某種小型動物，他直覺這是一隻老鼠。

但這就很詭異，他現在身處中央警察署的某個科室，前面的引導員正在介紹簡易的工作內容，身邊幾個同學有人心不在焉，有人振筆疾書，還有一兩個眼神發亮地凝視高大帥氣的哨兵引導員，似乎待會兒找到時間就要上前去搭訕幾句。

照理說，老鼠這種生物不太可能出現在人來人往的地方，就算出現好了，眼前辦公室裡除了引導員外還有兩個正在辦公的哨兵，他們都應該比蘇小雅更快聽見腳步聲才對。

然而，幾個哨兵彷彿完全沒聽見般，仍然專注在自己的工作裡。

怎麼回事？蘇小雅皺起眉頭，又往地上看了一圈。

「你弄掉東西了嗎？」他的舉動倒是引起其中一個哨兵的注意，對方放下手上的工作，謹慎地沒有靠太近，壓低聲友善地詢問。

面對這些小嚮導，哨兵們都很小心翼翼，彷彿在面對什麼易碎品似的，生怕一不小心嚇到了他們。

蘇小雅凝視著詢問自己的哨兵數秒，不動聲色地判斷對方是否真的沒聽見那片小小的腳步聲，或是明明聽見了卻在裝傻。

倒是他身邊的同學似乎怕他的沉默引起尷尬，搶著回答：「沒有沒有，他好像聽到了什麼聲音，正在找。」

「聽到聲音？」哨兵重複了一回，臉上的表情顯而易見地困惑，隱約還有點不以為然。

看來即便是哨兵也沒聽見那隻小老鼠的腳步聲了。

「不，我可能太緊張幻聽了。」蘇小雅也不管這個藉口適不適當，就算被看破是敷衍也無所謂，他今天來只是參觀中央警察署，本身並沒有打算在這邊工作。

既然如此，沒必要特別在哨兵們面前維持什麼好印象。

他更在意的，還是那個只有自己聽得到的腳步聲……到底，是從哪裡傳過來的？如果他沒有聽錯，那隻小老鼠好像往自己的方向越跑越近了。

那位哨兵也不是咄咄逼人的性格，再說整體而言，哨兵對年幼的孩子都很溫柔包容，他知道自己被小嚮導敷衍了，但既然人家不想多講，可見不是什麼嚴重的事情。

於是他聳聳肩，回到自己的工作當中。

「你怎麼這樣啊？」同學壓低聲音，語氣中掩藏不住指責。

蘇小雅別說回話了，他甚至都懶得看對方一眼。這人剛剛還搶在自己前面回話，怎麼就不覺得自己沒禮貌呢？

見自己被無視了，同學更加不高興，只能噘著嘴往外站了兩步，跟其他同學低聲抱怨起蘇小雅的驕傲與孤僻。

噠噠噠噠……

腳步聲終於來到他們所在的科室門外，接著是什麼胖嘟嘟像熱水袋一樣的東西擠過門縫的聲音。

聽起來就很好揉……蘇小雅莫名湧現這個想法。

他這次準確地往聲音傳來的那扇門看去，剛好這間辦公室的桌椅不多，他站的位置能毫無遮蔽地看到目標位置。

深色的門下方縫隙並不大，一開始有兩隻幾乎看不清楚的小爪子從門縫鑽出來，左搖右擺得非常吃力似的，像兩顆小小的米粒。

接著一張屬於老鼠的鼻喙部位探出門縫，粉粉的小鼻尖抽動著彷彿在嗅聞什麼特定的氣味，數秒後嗅聞的動作停下，取而代之的是不斷往門內擠的動作。

整個過程到底花了多少時間，蘇小雅渾然不關心，他整個注意力都被那隻小小的，看起來應該是倉鼠一樣的動物吸引了。

小小的腦袋擠過門縫，接著是圓滾滾肉呼呼的身軀，一扭一扭的，偶爾停下來喘幾口氣，然後再接再厲努力用後腳踢動，最終擠過門縫後還在地上滾了幾圈，最後整隻倉鼠趴在地上似乎暈了。

蘇小雅沒發現自己嘴邊露出一抹淺淺的微笑，饒有興致地看著那隻小倉鼠。如果他沒認錯，應該是俗稱黃金鼠的敘利亞倉鼠。

胖嘟嘟的小東西在地上攤成一塊鼠餅，只有小鼻子朝著蘇小雅的方向抽動，牠的目標是誰不言自明。

也真虧這隻黃金鼠能鑽過門縫，儘管看起來是隻黃金鼠，但體型卻比普通黃金鼠要大上兩倍多，簡直是鼠中巨人，顯然不是現實生活中的黃金鼠，而是某個人的精神體。

蘇小雅忍不住好奇，擁有如此可愛精神體的會是怎樣的人？他察覺自己的精神體有些蠢蠢欲動，差點就要不受控制地竄出來，他連忙轉移注意力，強迫自己去聽引導員的介紹。

但聽了沒兩句話，蘇小雅發現自己根本沒辦法專心，就算故意不看，耳朵裡依然能聽見那隻黃金鼠的動靜。小東西從餅狀站起來，抖了抖身上柔順的奶油色毛髮，腳步聲輕巧地朝自己接近。

這回不像先前的奔跑，而是悠悠哉哉彷彿在散步一般。

真奇怪，他是第一次來中央警察署，這裡並沒有他的熟人，也不知道這隻黃金鼠從哪裡冒出來的，怎麼就盯上自己了？

而且，為什麼只有自己能看見？

想不透，況且也沒有機會讓他想透了，不管你是哨兵嚮導或普通人，年紀大或小、經驗豐富或青澀，本能都是最難控制的。

蘇小雅從小就對自己的控制力相當自豪，甚至於小時候老師還擔心他是不是特殊障礙的孩子，憂心忡忡建議家長帶他去看醫生。

事實證明，他心理非常健康，生理也大致健全，純粹就是性格使然。

所以當他的精神體猛然跳出來的瞬間，蘇小雅都沒能反應過來，眼睜睜看著那隻優雅的鴛鴦眼俄羅斯藍貓，像道藍色天鵝絨閃電，刷一下竄到黃金鼠面前，在他的抽氣聲中一口從腰部啃下去。

完蛋了！

黃金鼠發出「吱！」一聲尖叫，上半身完全消失在貓嘴裡，下半身圓墩墩的屁股狂扭，兩條後腿瘋狂踢蹬，掙扎得貓都叼不住，似乎火氣也上來了，伏下身軀加上前腳去壓制。

快住手！

別看蘇小雅還是一臉八風吹不動的面無表情，實際上他內心已經宛如暴風過境，恨不得揪著頭髮崩潰。

他不知道自己的精神體怎麼突然就暴走了，眼前竟然完全不聽自己的控制，非但不願意鬆開嘴，還有種不把黃金鼠吞進肚子誓不罷休的氣勢。

最詭異的是，明明眼前刺激的宛如動物星球頻道，但除了蘇小雅以外的哨兵與嚮導都看不到這一幕，只有兩個辦公中的哨兵似乎察覺到有什麼不太對勁的氣氛，同時從文件中抬起頭，神情略有不安地左右張望，整個人都緊繃起來呈現警戒狀態。

「怎麼了？」現場幾個年輕嚮導察覺到哨兵的緊張，神情也跟著緊張起來，交頭接耳地議論紛紛。

蘇小雅依然游離於眾人之外，他知道一切，但著實不知道該怎麼說才好。先是有個不知屬於誰的精神體尾隨自己，然後被自己的精神體給咬了，兩方目前正在激烈的交戰中，打得有來有往……不是，倉鼠是戰鬥力這麼強的物種嗎？他感覺自己的精神體竟然無法倚仗種族優勢壓制對方之外，口腔還被咬了好幾口都受傷了，要不是他精神屏障豎得快，這會兒也要陪著藍貓一起痛。

「蘇小雅，你覺得呢？」剛才還在與其他同學抱怨自己的那個嚮導同學又湊上來了，拉了拉蘇小雅的袖子問。

「我沒什麼感覺。」他神色如常地回答。

同學立刻投以不信任的質疑目光。蘇小雅就當作自己沒感覺，假裝眼前什麼都沒發生，就算有一把椅子被自己的精神體猛地踢得振動了兩下，他也裝瞎。

引導員也察覺不對勁，他停下滔滔不絕的介紹，也靠了過來，整個辦公室裡的哨兵與年輕嚮導，即使什麼也看不到，但都有志一同地盯著相同的地方觀察。

都不知道該說是詭異還是搞笑，不大的辦公室裡靜悄悄的，幾個人圍成一個圈看著中間空無一物的地方，氣氛彷彿被拉緊的弓弦，大家連呼吸都下意識地放輕了。

「有誰的精神體跑出來搗蛋嗎？」終於，引導員率先開口，看向身邊的哨兵問。

「不是搗蛋，我懷疑有兩個精神體打起來了……」哨兵抹去額上的汗，情緒煩躁又不安。「不知道是誰的精神體，壓迫感怎麼這麼強？也不好好管束！傷到人怎麼辦！」

「要不要找資深嚮導過來看看？」另一個哨兵問。

但凡有人刻意隱藏自己的精神體，那除了能力特別出眾的嚮導，沒有誰能看得到。但精神體製造出來的威嚇或壓抑依然實實在在不打折扣，他們都能感覺到正在交鋒的兩個精神體等級高過自己，也就不敢輕易用自己的精神體加入戰局。

「會是有人陷入狂化嗎？」這時，有個小嚮導怯生生地舉手發問，相較於哨兵，嚮導們雖然能察覺氣氛不對，但他們精神力高，只要豎起屏障就不太會受到嚴重影響，自然能分神去做更多猜測。

「不可能，這裡是中央警察署，若有人陷入狂化，警報就會響。」引導員一口否決這個猜測，他轉頭和另外兩個哨兵商量：「你們組的組長我記得是嚮導，不然請他出面處理？」

「他剛好外出了……」哨兵之一用力彈了下舌，再次抹去額上的汗水。「我們離重案組不遠，不如我去看看有沒有留守的嚮導？他們組的嚮導都特別厲害。」

蘇小雅靜靜聽著幾個哨兵商量方法，也分神偷聽同學們的猜測，一雙眼半點不敢從那兩隻打成一團的精神體上移走。

目前，他的俄羅斯藍貓已經憑藉體型優勢，嘴裡啃著黃金鼠一條有力的後腿，老鼠的整個上半身則被壓在牠身體底下。但這不代表黃金鼠要輸了，即使只有一條腿還能自由，但依然能踢出虎虎生風的氣勢，幾次都差點直接踢中貓咪鼻子與眼睛之間的脆弱部位。

眼前的一切除了魔幻，蘇小雅想不到更好的形容。

正當大家亂成一團，哨兵決定去重案組求助的時候，辦公室的門被狠狠踹開來，一抹高大頎長，穿著一身休閒西裝的身影，斜靠在門邊，把裡頭的人都嚇得聳了聳。

「馮艾保？」率先反應過來的是引導員，他臉上全是訝異。「你怎麼會出現在這裡？」

被稱為馮艾保的高大男人左側身體靠在門框上，一手按著太陽穴，一手橫在胸前，包裹在西裝褲裡的腿長得讓人心頭發癢，站姿既懶散又隨興，還有種說不清楚的魅力，幾個小嚮導都默默臉紅了——當然，不包括蘇小雅，他的大部分注意力還在自己的精神體跟那隻黃金鼠身上。

馮艾保第一時間並沒有理會那幾個哨兵的疑問，一雙深不見底的黑眸緩緩游移過每個人，最後定在蘇小雅臉上。

少年……不，都成年了，應該算是個青年。巴掌大的小臉，皮膚略顯蒼白，在白熾燈下隱約可見青色的血管在薄薄的肌膚下蜿蜒，與其他人的不安或驚慌都不同，像個冰霜凝鑄的雕像，半點表情都沒有，只有一雙直直看著眾人圍成一圈的眼，能看到些許的困惑與慌張。

「我的精神體好像跑出來搗亂了，我來帶牠回去。」馮艾保露出一抹淺笑語調輕緩，也不知道是說給誰聽。

「你的精神體？」在場的三個哨兵同時發出不可置信的疑問。

「嗯哼，有什麼疑問嗎？」馮艾保依然笑吟吟的，似乎並不覺得幾個哨兵的質疑冒犯了自己。

他關注的是那個小嚮導，以及自己好像……可能又勃起了？

第三章　請小心惡魔的耳語

馮艾保，儘管是一個高階哨兵，卻從來沒人看過他的精神體，甚至有傳言說他的精神體早已失蹤，精神力圖景崩壞不可修復。當然，這些都是不知道哪裡來的謠傳，畢竟從沒有哪個哨兵在這種極端的狀況下還能保持理智清醒地活著。

況且，從他的搭檔及重案組組長曾透露過的蛛絲馬跡來看，馮艾保的精神體應該是正常健全的，只是不知道為什麼幾乎不出現在人前，連集體健康檢查的時候都沒被人看見過。

因此，大部分人還是更傾向馮艾保的精神體有缺失，畢竟他這人也古古怪怪的，硬要說有精神缺陷也不是不行。

總之，這基本上算是中央警察署及多數認識馮艾保的人的共識，當然不能去細想為什麼他的體能跟五感異常出眾，也不能去細想他年年破案率第一的事情，一切就會非常合理。

這也是為什麼三個哨兵聽到馮艾保說起自己的精神體會這麼驚訝的原因，這三個字似乎就不該從這人嘴裡講出來。

也許是本體出現，控制了精神體的動作，原本攻勢猛烈凶狠得令蘇小雅膽戰心驚，從根本動搖了他對倉鼠這種生物概念的大型黃金鼠，突然收斂起攻擊性，被俄羅斯藍貓一爪糊在地上，踩成一張鼠餅，可憐兮兮地對蘇小雅吱吱叫。

這……這……這是？蘇小雅愣了愣，下意識控制自己的精神體收回爪子，可心裡總覺得哪裡不對勁，又一時說不出個所以然來，倒是俄羅斯藍貓用一種恨鐵不成鋼的眼神瞟他，亮出爪子在熱水袋般的黃金鼠身上剮了兩爪子，才驕傲地翹著腦袋踩回本體身邊。

不得不說，這隻黃金鼠看起來圓潤可愛，卻強壯得異常，連一根毛都沒被貓爪子剮掉，就是癱著半天不肯動，像是在裝死。

辦公室裡是一陣令人尷尬的靜默。

蘇小雅也是在這時候才終於正眼看了門邊那個哨兵，緊接著眉頭猛地一皺，像看到髒東西一樣迅速別開眼。

明明精神體這麼可愛，本體卻是個性騷擾老男人！在大庭廣眾之下勃起，臉上笑容還那麼蕩漾，怎麼沒人想過把這傢伙關起來，竟然還讓他能自由自在到處行動？多危險！

理性上，蘇小雅知道男人的勃起有時候就很不講道理，發呆也會勃起，走路也可能猝不及防地勃起，所以看表情是最準確的，可以判斷到底是生理性勃起還是思想上的勃起。

很顯然門邊那個站姿風騷的哨兵就是屬於思想上的勃起，滿腦子黃色廢料，臉長得多好看都顯得猥瑣。

馮艾保突然笑了出來，幾個涉世未深的小嚮導被成熟男人的魅力迷得臉紅心跳，三個成年哨兵則後頸寒毛直豎，警惕地看著馮艾保。

「我能借一下那個小朋友嗎？」馮艾保對幾人的態度半點不在意，也沒多浪費時間，直接指著蘇小雅問引導員。

「你要幹嘛？他才剛畢業，還不確定將來要不要來我們這裡。」引導員自然不是很樂意，他有責任也有義務保護這群小嚮導，像馮艾保這種還沒有與嚮導結合，等級又特別高的哨兵，太危險了。

「放心，我不會對他做什麼。」馮艾保攤攤手，擺出無辜的模樣。「我的搭檔就在附近，要是我真想做什麼壞事，他隨時能把我放倒。」修理他十天半個月生活無法自理都行。

引導員還是很遲疑，他看向蘇小雅問：「蘇同學，你的意見呢？要是不願意就說出來，不需要勉強自己。」

「我無所謂。」蘇小雅聳聳肩，他並不害怕任何一個哨兵，因為他知道自己的能力，就算不能放倒成熟哨兵全身而退，兩敗俱傷倒是沒問題的。

在場誰都不知道眼前這個白白淨淨、面無表情的小嚮導腦子裡那些果斷又凶殘的想法，見他乾脆地迎上馮艾保時都替他擔心。

兩人一離開辦公室，馮艾保側頭幾乎是貼在小嚮導左耳邊輕聲道：「跟好，我們去個安靜的地方聊聊。」

蘇小雅僵硬了一瞬，強忍著沒有落荒而逃，左耳被哨兵過度滾燙的氣息吹得幾乎燒起來一般。

「可以。」他用力握了右手，強忍著不去摸自己的左耳，也提醒自己別浪費力氣揍一個哨兵，勉強維持冷靜帶著腳邊的俄羅斯藍貓，跟在身邊有隻黃金鼠繞來繞去的馮艾保身後，左彎右拐很快來到一間無人使用的會議室。

「請進。」馮艾保紳士地拉開門，像服侍英國貴族的管家那樣，擺出個邀請的手勢。

蘇小雅瞟了他眼，著重確定檔部的形狀，勃起已經消失了，現在看起來很規矩很平坦。接著瞄了眼成年哨兵的臉，俊美到凌厲的面孔上掛著笑容，那雙特別漂亮的眼睛澄澈得宛如水潭，可以一望到底的那種。

應該沒問題吧？蘇小雅心裡仍有些遲疑，他的直覺發出警告，眼前的人很危險，偏偏還特別吸引人，他的藍貓精神體在靠近馮艾保的時候，完全不受控制地用身體左右磨蹭男人的腿。

算了，多想也沒用。

他看了發出呼嚕聲的藍貓，小聲咋舌，但還是走進了會議室。

馮艾保跟著走進去，將門闔上後喀答上了鎖。

「你想做什麼？」蘇小雅立刻警覺起來，很快正面對向馮艾保，精神力觸手啪一下彈出，張牙舞爪地威嚇眼前的哨兵。

「沒什麼，別這麼緊張。」馮艾保像是沒看到那些精神力觸手，笑吟吟往蘇小雅靠近。

「你不會以為我在虛張聲勢吧？」蘇小雅說著，一條粗壯的精神力觸手狠狠抽在馮艾保腳前兩釐米的地上，劈啪一下聽到的人都會不由自主縮起脖子抖兩抖，彷彿能看到地面揚起的塵土浮起後像煙霧般緩緩消散。

馮艾保卻半點停頓的意思都沒有，俊美臉上的笑容如同一張面具，焊死在他的五官上，詭異得要命，饒是蘇小雅天生性格沉穩冷靜，又有強悍的精神力當靠山，也被逼得連退幾步，不敢真的和馮艾保正面硬剛。

男人皮鞋踩在厚實的地毯上完全沒有聲音，蘇小雅卻覺得自己聽見了堅硬的鞋跟喀喀敲在大理石地板上的腳步聲，心臟隨著對方的節奏一跳一跳，短短幾秒的對峙已然兵敗如山倒。

他慌亂退到會議桌另一側，精神力觸手從攻勢轉為守勢，密不透風地包裹住自己，倒是他的精神體藍貓老神在在，甚至還在哨兵腳邊打滾求摸摸。

叛徒！

哨兵倒沒有逼得太緊，給了小嚮導大概距離三步遠的安全空間，彎腰抱起俄羅斯藍貓，拉開椅子坐下，把貓放在膝蓋上擼。

「不准把我的精神體當貓擼！」蘇小雅難得氣得小臉漲紅，這個哨兵太不要臉了！精神體是每個人最隱私的部分，誰會這樣去任意撫摸別人的精神體啊！沒禮貌！下流！噁心！變態！

馮艾保一臉無辜地舉起手做了個投降的姿勢，從善如流地停下擼貓的動作。然而，俄羅斯藍貓有自己的想法，牠靈活修長的尾巴纏上男人線條俐落的手腕，無聲的表現出「不要停」的意思。

「我可以……嗎？」馮艾保禮貌地詢問。

「不可以！」蘇小雅氣急敗壞地拒絕，瞪著自己的精神體。「你給我回來！不准去討好別人！」

「喵～～」俄羅斯藍貓發出長長的軟糯討好叫聲，但並非對著蘇小雅，牠根本沒把自己的本體放眼裡，而是對馮艾保撒嬌。

「就當交換？」馮艾保還是溫溫和和地徵詢意見。

「什麼交換？」蘇小雅皺眉，他怎麼看都覺得眼前的哨兵不懷好意包藏禍心，他決定打死都不來中央警察署工作。

「我的老鼠和你的貓。」馮艾保指了指蘇小雅腳邊。

老鼠？蘇小雅愣然片刻，連忙低頭往自己腳邊看。就看見那隻巨大又胖嘟嘟的黃金鼠，安安穩穩地蜷縮在他腳邊，熱水袋般的身軀有一半靠在他腳背上，睡得呼呼響。

這……一陣尷尬竄上來，蘇小雅頓時覺得自己臉皮滾燙，精神力觸手都羞得扭曲起來。

「我不知道牠怎麼會……」

「沒事，我本來也不太管得住牠。」馮艾保展現出一個成熟大人的包容，溫柔地摸了摸趴在膝蓋上的藍貓背脊，順利把炸毛的小嚮導給安撫住了。「我找你，是想跟你商量幾件事。放心，都是正經事。」

人都被擼順毛了，蘇小雅原本的氣勢也全都洩得一乾二淨，搔搔臉頰拉開一張椅子，和馮艾保面對面坐下。

「什麼事？」黃金鼠體溫還滿高的，窩在腳上暖呼呼軟綿綿，蘇小雅萬年不動的冷漠表情都鬆動許多。

「第一件，你願不願意跟我去測試匹配度？」馮艾保倒是沒多廢話，直接切入重點。見蘇小雅似乎要開口拒絕，他立刻接著道：「我是重案組的刑警，屬於高階哨兵，之前有個嚮導搭檔，但他結婚後要離職了，就在下個月。現實來說，我必須要有新搭檔才行，而且等級太低的嚮導對我無用。」

「我相信能進重案組的嚮導都是高階嚮導。」蘇小雅還是拒絕，他今天會來參觀中央警察署算是個意外，他本就更傾向進入司法系統，而發執法系統。

「話雖如此，但如果看不到我的精神體就沒有意義。你是除了我的搭檔、上司之外，第三個能看到我家小老鼠的嚮導。」馮艾保很懂得說話的藝術，他沒有刻意吹捧蘇小雅，語調也很平和而非討好，但就是讓蘇小雅心裡有種說不出的舒服。

所以他忍不住微微動搖了下。

「但是，我原本就對執法機構沒有興趣。」所幸他很快穩住自己的決心，依然開口婉拒。

「這就是我第二件想跟你商量的事情了，你有興趣來重案組實習一個月嗎？」馮艾保輕柔地撫摸腿上的藍貓，一雙桃花眼深邃又熱情，像個對未來充滿憧憬的天真孩子。「我知道參觀完幾個地方後，你們有三次實習的機會，可以選擇特定部門實習一個月。雖然你想進入司法系統，但你對執法系統其實也並不是真的了解對吧？何妨當成一次經驗試試？或許你會覺得我有點強人所難，但我是誠心需要你，希望你能給個機會？」

強勢但又透露著可憐，看似把選擇權都遞到蘇小雅手上，最後的轠繩卻仍牢牢掌握在自己手上。

蘇小雅畢竟才剛畢業，還是朵溫室裡被呵護長大的小花，根本抵擋不住眼前這個善於利用自己外表，同時深諳說服技巧的哨兵。

確實，他當初會一心想進入司法體系，並非討厭執法體系，只是因為家人多半在司法體系中任職的緣故，算是耳濡目染。

「如果我實習過後，還是沒有興趣的話，你能接受我拒絕嗎？」蘇小雅完全沒意識到，自己已經被哨兵牽著鼻子走了，現在只是最後的垂死掙扎。

「當然，最終還是尊重你的選擇。」馮艾保給出一個真誠的微笑，語氣誠懇得完全挑不出半點毛病。

「那好吧……」蘇小雅終究敗下陣來，他略有遲疑但依然答應了。「我等等就去提出實習申請，你說你是重案組的？」

「馮艾保。」哨兵彎著一雙桃花眼，一臉喜不自勝的模樣，掏出自己的名片。「上面是我的私人號碼，隨時可以跟我聯絡。」

「喔……」蘇小雅點點頭，接過名片。接著就看到對方推來一張折過的申請表，他疑惑地看了馮艾保一眼。

「我想，不如順便就填了吧？省得麻煩。」馮艾保點點表格上的「實習申請書」幾個字，態度自然得讓人絲毫感覺不到哪裡有問題。

蘇小雅想了想，確實早申請晚申請都一樣，既然說好了總是要遵守承諾的。

於是他拿出筆乖乖填好申請單，都來不及檢查有沒有錯字，就被馮艾保抽走了。「放心，我會幫你遞交申請的，最快三天後就能開始實習了。你要是有興趣，也可以現在就跟我去現場查案子，我剛好要出勤。」

「好像也沒必要這麼急……」蘇小雅仍有些抗拒，同意是一回事，真的開始工作又是另外一回事了。

「確定不去？這個案子死了兩個哨兵，發生在白塔的畢業舞會上……是不是很有意思？」馮艾保擼著藍貓笑問。

蘇小雅看著他，深深地狠狠地看著……他覺得對方一定正在蠱惑自己，這個哨兵很懂得玩弄人心，但是……

「嗯，很有趣。」該死！他好好奇啊！

✡ ✡ ✡

「你事情都辦好了吧？可以出發了？」何思聽見搭檔的腳步聲，眼睛還盯著手上的案件資料，隨口詢問。

「都好了，走吧。」馮艾保語調輕快地回應。「對了，有個實習生要跟著我們，你不打聲招呼？」

實習生？何思一愣，他不記得自己聽過這個消息，再說他與馮艾保向來接觸的都是比較特殊的案子，也不適合讓實習生見習，恐怕還沒入職就會有心理陰影。

「組長沒跟我說……」一抬頭，何思見到了馮艾保身後那張白白淨淨的小臉蛋，他像被按下了暫停鍵的骨董收音機，沒出口的話全卡在喉嚨裡。幾秒後才猛地抽了一口氣，聲音顫抖：「小、小雅？蘇小雅是你嗎？」語尾直接分岔。

「阿思哥哥？」蘇小雅也瞪大雙眼，很意外自己竟然會遇上哥哥的丈夫。

「你是重案組的刑警？而且下個月要離職了？」可以說是，非常快狠準地把問題拎出來。

本來似乎要發火的何思瞬間啞火，表情訕訕顯得極為尷尬。

馮艾保站在一旁左右看了看兩人，饒有興致地吹了聲口哨。「沒想到你們是熟人啊？阿思哥哥。」

「你給我閉嘴！」何思沒辦法對蘇小雅生氣，但對馮艾保就不用客氣了，他用精神力觸手往哨兵身上揍，氣勢洶洶大有種不把人打吐血不罷休的意思。

馮艾保矯健地往後連退幾步，恰恰好停在何思精神力觸手的長度極限之外兩釐米，還不忘對搭檔挑挑眉，欠揍得要死。

「這怎麼回事？小雅怎麼會來重案組實習？」雖然何思只要往前走一步就能打到人，但蘇小雅現在正站一旁盯著他看，霎時就沒了揪著馮艾保揍的底氣了，反而帶點討好地對小嚮導笑笑。

「剛剛決定的。」蘇小雅看了看何思，又看了看悠哉的馮艾保，稍作思考便道：「這也不是什麼大問題，我本來就有三次實習機會，就乾脆來嘗試看看了。他說你們正在追一件白塔哨兵死亡案，我很有興趣。」

這意思就是，私事可以壓後再談，他不想讓馮艾保這個哨兵聽到更多，再說了，眼前第一順位的要事本來就是辦案。

何思聽懂了小嚮導的意思，他用精神力觸手碰了碰對方的精神力，傳達自己的歉意。而外表看起來冷漠的蘇小雅接收到他情緒，也用精神力觸手回應，讓何思先別在意，都是小事。

「那我們要路上聊，還是你們要先針對家庭問題溝通溝通？」馮艾保見縫插話的功力可謂爐火純青，兩個嚮導同時看向他。

「路上說。」何思拍板，他原本懷疑馮艾保是不是知道了什麼，才故意去招惹蘇小雅。但冷靜想想，這不是馮艾保的性格。

如果馮艾保早知道蘇小雅跟自己的關係，他不會私下去找，而是會故意用藉口讓何思去巧遇蘇小雅，然後趁兩人交談的時候從後頭冒出來，假裝是抓姦的丈夫……呸呸呸！他丈夫才不像這個唯恐天下不亂的哨兵！

「我沒意見。」馮艾保聳聳肩，靠上前將何思桌上的案件資料整理好，全遞給一旁的蘇小雅。「來，你路上先看，有什麼疑問就提出來。」

意外得很公事公辦，兩個嚮導都有些不可置信地盯著他看。

「誰開車？」馮艾保假裝沒注意到打量自己的視線，抓起車鑰匙在掌心拋動。

「你開。」何思想都不想就回答，他必須隔絕馮艾保與蘇小雅過度接觸，總覺得這個搭檔看起來像頭大灰狼。

「行啊，先去白塔？」馮艾保最後一次把車鑰匙拋得高高的，準確地落在掌心後握住。

「如果要去白塔，拜託讓我來問話，你閉嘴。」何思臉色一僵，想到艾琳娜跟金教官，他的精神力就控制不住因緊張而蜷縮起來。

「行啊，艾琳娜跟金炳輝交給你，我去跟學弟妹們聊聊天。」馮艾保無所謂地聳聳肩，他當然也清楚自己跟那些老同學之間勢同水火，儘管哨兵的服從度高，面對刑警的問話不會刻意隱瞞或不配合，但何思的精神力就要過度消耗用來安撫多個哨兵了。

見馮艾保這麼爽快，何思也鬆了口氣。

「那我呢？」見兩人分配好任務卻沒提到自己，蘇小雅舉起手幫自己爭取注意力。

「你想跟著誰？」馮艾保湊過來，他的身高鶴立雞群，比哨兵的平均身高要多出五六公分，蘇小雅在他面前顯得有些嬌小。於是壞心眼的大灰狼故意用自己的影子籠罩住小嚮導，彎腰湊在他左耳邊問。

這次蘇小雅沒忍住，他猛地摀住自己被吹得熱燙的左耳，大動作往旁邊閃，還踢開了兩張椅子。

馮艾保立刻大笑出來，然後被何思用精神力觸手狂揍。

「唉唷唉唷，抱歉抱歉，我不是故意的嘛！」哨兵挨了幾下後連忙躲開，還不要臉得叫出黃金鼠精神體賣萌，用一張圓滾滾的呆萌臉，兩隻短短小小的前腳合十，對何思拜了拜。

真的很可愛，也可能太可愛了，蘇小雅耳朵上的熱意還沒消退，整個人很是躁動不安，俄羅斯藍貓精神體順勢跳出來，半點停頓都沒有就直接朝黃金鼠撲過去張口就咬。

「紺！」蘇小雅連忙喝止，但跟之前一樣無能為力。

接下來完全是一團混亂，重案組辦公室的一小角，被兩隻精神體加一哨兵兩嚮導搞得像颱風過境，何思的辦公桌都差點九十度翻倒。最後靠何思這個Ｓ級老練嚮導強力鎮壓，這才勉強結束了一場天敵間的鬥毆。

俄羅斯藍貓鼻子上帶著被老鼠咬出來的傷口，黃金鼠背上禿了一塊還留下幾個齒印，氣喘吁吁地隔著何思的精神力觸手一邊喘息一邊對峙，彷彿隨時要衝上前再來輸贏一局。

雙方的本體倒是沒牠們的狼狽，頂多就是馮艾保揉了揉自己的後腰，對著蘇小雅鼻子上的紅痕嘖嘖嘖幾聲。

何思還沒進白塔範圍呢，就覺得自己的心好累。他逼迫兩人收回自己的精神體，動用了點高階嚮導才會的小技巧，短暫地封鎖了雙方的精神圖景，避免俄羅斯藍貓與黃金鼠又竄出來打架。

「小雅還是跟著我吧。」何思可不敢讓兩人獨處。

「小眉頭，你說呢？」馮艾保顯然是刻意唱反調，硬要再問一回，還幫蘇小雅起了個詭異的暱稱。

什麼狗屁小眉頭？蘇小雅在心裡吐槽，但明智地沒有訴諸言語，只是小小翻了個白眼。

「白塔會壓制精神體對吧？」蘇小雅回想自己曾讀到過與白塔有關的歷史，儘管嚮導已經不再受塔的管轄，黑塔都不知道煙消雲散到歷史的哪個垃圾堆裡當灰塵了，但基礎的知識還是得學習。

「對，還會壓抑情緒起伏。」馮艾保抽出一根菸在掌心敲了敲，咬進嘴裡的同時回答。

「嗯……」蘇小雅點點頭，並沒有思索太久。「我想跟著大叔。」

「大叔？」馮艾保一用力，嘴裡的菸直接被咬斷，他若無其事地把菸頭吐出來，連同菸草都噴出來的那部分一起扔進垃圾桶。「我才二十九歲。」

「我十八。」蘇小雅露出一個拘謹驕矜的笑容，看起來就跟那隻俄羅斯藍貓一模一樣。「大叔。」

何思在旁邊噗嗤一聲笑出來。

看搭檔笑得開心，馮艾保也只能摸摸鼻子認下小朋友起的綽號，反正往後日子還長著，總能哄得小朋友改口叫哥哥。

「可以走了吧？」他問兩個扳回一城，神清氣爽的嚮導。

「走吧走吧。」何思滿意了，拉著蘇小雅一起往停車場去。

幾人上車後，蘇小雅很快就看完了手上的資料，他闔上文件夾，看著窗外飛逝的街景沉思片刻。

「兩個死者身上的衣物應該是殯儀館之類的地方外流的，雖然國內喪葬方式主要採取火葬，但也並非沒發生過死者火化前，被殯儀館員工脫掉身上值錢物品乃至衣物，並轉手販賣給二手商店的案例。」整理好腦中資訊後，蘇小雅很快開口。「像是二〇二七年，本市營亞區殯儀館負責火葬的工作人員，就被悲傷過度闖入試圖阻止火化作業的家屬當場發現正在剝除死者身上的衣物及飾品，這還不是國內最後一起案例。」

開著車的馮艾保吹了聲口哨。「小朋友很厲害啊，讀了很多案例？」

「嗯。」不管是小朋友還是小眉頭，蘇小雅都不置可否，並不是非常想理會眼前的哨兵。但他畢竟是個乖孩子，遲疑了會兒還是回答：「既然我想走司法，當然得做一點功課才行。」

「小雅一直是個認真的孩子。」何思在一旁頗有點老父親般的驕傲。

蘇小雅看了何思一眼，臉頰微微泛紅，低下頭輕咳了聲接著道：「我不懂，為什麼不先找到販賣衣物的二手商店，反而要先去白塔呢？本市有十八個行政區，總共有六個殯儀館，喪葬業者共一百七十八家，並不需要花特別多時間就能夠排查完才對。只要找到有問題的殯儀館或殯葬業者，就能詢問他們把衣服販賣給哪間商店，不是嗎？」

行駛中的車嘰一聲在紅燈前停下，馮艾保回過頭對蘇小雅鼓掌。「沒錯，非常標準的流程，只有一個小問題。」

「什麼問題？」蘇小雅輕輕皺眉不解。

「死的人是哨兵，而且是還沒離開白塔，像黃色小雞一樣的哨兵。」馮艾保對蘇小雅眨個眼，在紅燈上的倒數歸零前一秒回過頭，綠燈恰好亮起，他也同時開動車子。

「我不明白你的意思。不管他們是不是哨兵，出沒出過白塔，那兩套衣服顯然都是二手的。阿思哥哥剛告訴我，你以前還是小雞寶寶的時候，就摸索出離開白塔的方法了，並且還把這些方法留在白塔裡傳承給後面的哨兵。既然如此，他們很可能就是用你的方法離開白塔，並去二手衣店挑選了這兩身禮服。」蘇小雅語氣有些不服。

「別以為我沒聽到你偷偷叫我小雞寶寶，小眉頭挺暴躁啊，不高興的時候就要伸爪子撓人。」馮艾保低聲笑道，並不如何把小嚮導的挖苦當一回事，只透過反光鏡看著蘇小雅眨眨眼問：「你能證明嗎？」

蘇小雅一愣。

「沒辦法對吧？何思告訴你的，是我和他的推測，並沒有事實或證據可以證明。確實，偷溜出白塔去二手衣商店購買禮服是有可能的，但他們也可以委託別人替他們送衣服來，只要給點跑腿費就行。白塔對學生的管束沒有大家想像的那麼嚴格，尤其是這種已經成年即將離開白塔的哨兵，是可以叫外送或網購的。」馮艾保很有耐性，語氣中也並沒有調侃或嘲笑，反而讓先前略顯尖銳的蘇小雅害臊了起來。

他揉揉自己的臉頰，往車門靠近躲開與馮艾保在反光鏡中的雙眼對視。

過了一會兒，平復了臉上滾燙的熱意，他才又開口問：「所以你們是去白塔確認，他們到底有沒有離開過白塔嗎？」

「對，查案子就是這樣，不能有太多想當然耳，每個發現每個推測都要去找到足以支撐的證據或事實，否則不能當成明確的方向蒙頭往前衝。太多時候先入為主的想法，會把案子引導向錯誤的方向，讓人忽略其他可能性，從而喪失了破案的關鍵。一旦演變成這種情況，案子成為懸案已經是最輕微的結果了，如果發展成冤案，該怎麼辦呢？」何思安撫地摸了摸蘇小雅垂下的腦袋，溫柔地替他分析講解辦案的技巧，並未多加苛責。

很多做事的方法是經驗累積，誰剛開始沒犯過錯誤？對於後進，何思向來是引導鼓勵代替指責的。

當初他帶馮艾保的時候也一樣，十八歲的馮艾保衝起來比蘇小雅更甚，腦子又特別靈活，好幾次何思都得靠精神力鎮壓，才能帶著這幾乎沒有哨兵服從性的馮艾保一步一步踏實往前走。

沒想到，有朝一日這小子也能教導人了。

「白塔有每個哨兵的行動軌跡嗎？」蘇小雅振作很快，老是耽溺錯誤沒有意義，盡早往前走才能學得更多。

「對，每一個。」馮艾保看著反光鏡裡的小嚮導笑道：「不管在不在白塔裡，理論上白塔有全部哨兵的行動軌跡。」

「真神奇……」蘇小雅讚嘆。

「我倒不這麼認為。」馮艾保輕哼，語氣中滿是不以為然。「這不過代表每個哨兵脖子上都有條無形的鎖鏈，一輩子被栓在白塔身上，像看門的狗一樣。」

「我喜歡狗。」蘇小雅輕哼。他倒覺得像馮艾保這種難以捉摸、任性妄為的哨兵確實該被好好監控才對。

「難道不是俄羅斯藍貓嗎？」馮艾保輕笑。

「我當然也喜歡貓。」而且也喜歡黃金鼠，蘇小雅心不在焉地回想馮艾保那隻胖嘟嘟，非常符合他審美標準的黃金鼠。

只要毛茸茸的，他都喜歡。

「我喜歡專心開車的人。」何思從反光鏡中瞪了馮艾保一眼，無聲地警告他別隨便撩撥剛成年的小嚮導。

馮艾保的桃花眼在反光鏡中彎成兩個月牙，心情好得不行的模樣，倒是沒再繼續挑戰何思的理智線了，把注意力放回路況上。

車後座，蘇小雅針對案子跟何思討論起來，主要著眼點還是在意外或謀殺。

「雖然他們死於中毒，不過死因是藥物揮發混合成的毒氣，巧合的程度似乎有點高，不太可能是存心設計的吧？」蘇小雅提出自己的意見。

「汪法醫的意見跟你類似，衣服上殘留的清潔劑與防腐劑的劑量都不高，就算揮發出毒性，普通人也頂多皮膚紅腫，頭暈嘔吐，並不會有不可逆的傷害，一般情況下也不會有死亡危險。」何思脾性溫和，仔細地對蘇小雅解釋法醫給出的報告上每個數據代表的意思，並轉述自己在驗屍時看到的細節，與汪法醫給出的意見。

「簡單說，這個毒性只會對哨兵造成傷害？」蘇小雅確認。

「對，即使是年長幹練的哨兵，也有死亡危險。」畢竟哨兵的五感太過敏銳，若有心理準備的狀況下，問題倒是不大。可像眼前案件裡這種毫無防備的狀態，等他們發覺不對勁的時候，往往已經無力可回天了。

「這樣啊……」蘇小雅受教地點點頭，隨即又很警覺的反問：「這是汪法醫說的，還是大叔說的？」

何思控制不住噗嗤笑出來，又連忙摀住嘴假咳了幾聲，才若無其事地回答：「是汪法醫說的，馮艾保的說法與法醫大致相同。」

「親愛的搭檔，你可以笑出來沒關係，反正我都聽得很清楚。」馮艾保停下車，回過頭給了張苦瓜臉。

話音剛落，何思就放聲大笑，整整笑了五分鐘才好不容易停下來，摀著肚子道歉。

幾人已經到了白塔外，午後的白塔在日光下覆蓋著一層白色暗啞的光暈，穿著軍人服飾的年輕男人站在大門外，似乎等了一陣子了。

趕緊下了車，何思快步上前對男人伸手。「金教官，不好意思讓你久等。」

「確實很久。」金教官臉色冷漠，透明鏡片下的雙眼瞇著，似乎被陽光照得很不舒服。「你們遲到了三分四十秒。」說著與何思握了握手。

何思聞言只能陪笑。

「唷，老同學。」馮艾保戴上墨鏡才下車，舉起手活力充沛地打招呼。

「請跟我來。」金教官卻對馮艾保視而不見，轉身的角度猶如被尺量過，領著幾人往塔裡走。

蘇小雅幾個小跑步跟上去，馮艾保的腳步卻很閒適，慢吞吞的半點都不著急。

進了白塔後，金教官的表情稍微緩和了點，眼睛也不再那麼嚴肅地瞇在一起，轉過身對何思等人道：「即將畢業的學生都住在二樓，你們可以直接上去找他們問話。」

「金教官要一起還是……」何思禮貌性詢問。

金教官看了墜在隊伍最後面的馮艾保，臉頰微微抽了兩下，很快把視線又轉回何思身上。「我不知道你們如何分配工作，詢問學生不需要我跟隨，男女副學生主席已經在樓上等著了，有任何疑問或需要都可以告訴他們。」

「那……」何思看了看緊跟在身邊的蘇小雅，又回頭看了眼半天沒想跟過來，站沒站相靠在牆邊似乎在閱讀布告欄上資訊的馮艾保。「我和金教官去查閱受害學生最近一個月來的行動軌跡紀錄，詢問學生的工作就交由馮艾保負責，您覺得如何？」

金教官聞言立刻露出非常不樂意但又鬆了一口氣的表情，可以說非常直觀地感受到他內心的糾結了。

就算蘇小雅也能料想到，金教官知道不用和馮艾保相處，肯定是很愉快的。那傢伙不知道什麼毛病，開口講話不撩撥兩句好像會腦溢血似的。但同時，金教官一定也不樂意自己保護的孩子們，接觸到馮艾保這種黑羊般的人物，萬一被帶壞了怎麼辦？

兩害相權取其輕，金教官點點頭，贊同了何思的提議。

他從制服口袋裡取出一張鑰匙卡，遞給了一臉稚嫩的蘇小雅，顯然比起馮艾保，他寧可信任這個一看就是實習生的青年。「這是通往住宿區的鑰匙，權限已經全部開通，請務必不要濫用。」

最後一句話講得特別重，後頭馮艾保低低笑了聲。

「請放心，我會保管好這張鑰匙卡。」蘇小雅擲地有聲地承諾，懶得回頭瞪馮艾保。

雖然何思說白塔會壓制精神力跟情緒，但蘇小雅感覺自己的精神力觸手活動上沒受到多大影響，白塔的氣氛是很讓人難受沒錯，可揍馮艾保幾拳還是沒問題的。

金教官似乎又更放鬆了些，對蘇小雅點點頭，便帶著何思快步離開了。等腳步聲遠去，蘇小雅才拿著鑰匙卡蹭到馮艾保身邊。「走吧？」

「走。」馮艾保勾著一邊嘴唇，散漫的身姿猛地收束起來，像隻蓄勢待發的猛獸。而這頭猛獸第一個動作卻是湊到蘇小雅左耳邊，呢喃：「我給你五分鐘，想想你要問什麼問題，小、眉、頭。」

這是第三次了！蘇小雅炸毛地摀住自己左耳，精神力觸手凶狠地彈出，照著馮艾保的臉就抽過去。

知道自己把小嚮導給惹毛了，馮艾保沒有躲開對方的精神力巴掌，坦然自若地被啪一下打得歪過臉。

這下蘇小雅反而嚇到了，連忙收回精神力觸手，滿臉糾結著不知自己要不要上前關心兩句。

他沒想到自己會打中馮艾保，雖說哨兵對精神力攻擊的靈敏度沒嚮導高，很容易被偷襲成功，但蘇小雅還是個剛成年的嚮導，根本沒用精神力幹過什麼保護自己以外的事情，連隱藏都還做得不是很完美，照理說應該打不中馮艾保這種正值巔峰期的哨兵。

男人臉上浮現出一抹紅痕，他用骨節分明的手掌隨意揉了揉，挑眉道：「氣消了嗎？可以上樓了？」

蘇小雅失去了道歉或慰問的機會，心裡梗著一口氣無處發洩，堵得發慌又無能為力，不由得皺起眉頭，暴躁地用卡片鑰匙刷開了電梯門。

白塔沒有樓梯，依靠的都是類似電梯的工具在各層間移動。

密閉的箱子裡燈光柔和，沒有鏡子或其他反光的物品，包裹在淙淙流水聲中，倒是沒有了在一樓走廊裡感受到的抑鬱感。

一樓到二樓很快，幾乎是門剛關上就立刻打開來，並沒有一般電梯會有的失重感，彷彿都沒移動過似的。

門外，站著兩個學生，一男一女，身上穿著白色上衣與長褲，領口袖口的部分染著淺淺的水藍色，淡得幾乎分辨不出來。蘇小雅連看了好幾眼才確定自己沒看錯。

款式都是制式的，合身但不顯身材，有種一九七〇年代的感覺，古老得令人產生種時光錯亂感。

「兩位好。」男學生率先開口，他是典型哨兵的長相，五官硬朗眼神凌厲中透著空洞，身高傲人，薄薄的白色棉衣穿在身上時勾勒出緊實的肌肉。「我是倫恩・切斯特，男學生副主席。旁邊這位是女學生副主席陳雅曼。」

「我是重案組實習生蘇小雅，他是……」蘇小雅連忙開口自我介紹，接著把視線投向懶洋洋，對眼前的一切似乎完全沒放在心上的馮艾保。

「重案組刑警馮艾保。」男人打了個哈欠，對兩個年輕哨兵一揚手。「學弟學妹你們好啊！有沒有地方讓我們坐著聊？」

一聽到馮艾保自報姓名，兩個年輕哨兵的表情就變了。倫恩雙眼立刻亮了起來，簡直像個看到偶像的小少年。至於陳雅曼則皺起眉，看起來並不太樂意見到這位傳說中的學長。

「有的，兩位有想問哪些人話嗎？我們有準備會議室。」倫恩立刻回應。

「會議室倒不用，帶我們去兩位死者的房間看看吧。」馮艾保上前兩步拍了拍對自己兩眼放光的學弟。「順便，他有問題想請教你們。」說著往蘇小雅比了比。

蘇小雅一愣，算是明白之前馮艾保說的五分鐘思考是什麼意思了。這是要他負責問訊嗎？

「你想問什麼？」陳雅曼把帶路的責任丟給倫恩，不緩不慢地與蘇小雅並肩而行。

「你們兩位是副學生主席，那死者就是這一屆的男女學生主席囉？」蘇小雅其實還沒想好要問什麼，只能先問些無關緊要的。

「對。」陳雅曼點點頭。

「他們平時……為人如何？」問題一出口，走在前面的馮艾保就發出輕笑聲，蘇小雅臉皮立刻滾燙了起來，連忙補充道：「我是說，他們在學生中評價如何？」

顯然還是很不成熟的問題，但馮艾保沒再笑了，正壓低聲音跟倫恩說話，蘇小雅身為嚮導除非用精神力偷聽，否則根本聽不清楚他們說了什麼。心裡有點不高興，但也只能先把注意力放在陳雅曼身上。

「男女學生主席都是榜樣。」陳雅曼回答。

「所謂的榜樣，具體來說是行為上還是體質上？」蘇小雅努力思考怎麼往下問，陳雅曼簡短的回答給了他些思考的空間。

「都是。」陳雅曼這回停頓了下便接著說：「我們每年都要體檢，身體數值及精神數值在前百分之一的人，才有資格參選學生主席。簡正和黎英英在兩個月前的最後體檢中，無論身體數值或精神數值都是第一名。」

「也就說，他們的五感跟體能比白塔裡的學生都要來得優秀？」蘇小雅感覺自己好像抓到了點什麼，但這點感覺像抹炊煙，看得到摸不到，很快就消散了。

「對。尤其是黎英英，她的五感特別敏銳，嗅覺部分與尋血獵犬相當，從剛進白塔那時候就很有名，大家都知道。」說起黎英英，一直面無表情的陳雅曼空洞的雙眼隱隱濕潤了，看起來兩人應該交情頗不錯。

「妳和黎英英是朋友？」蘇小雅問。

「不算。」陳雅曼否認得很快，見蘇小雅盯著自己眼神探究，立即補充：「我們真的不算朋友，頂多算夥伴。她四年前就接任女學生主席，我原本是她的助理，兩年前成為副主席，一直都跟她共事。」

「妳一直是她的部下？」蘇小雅又問。

「不能這麼說……學生正副主席之間沒有從屬關係，而是職權不同。但我不否認，在各項競爭上我都贏不了她。可是，整個白塔也沒幾個人能跟她比肩就是了。」也不知道陳雅曼是否發現蘇小雅對自己有些懷疑，回答起問題依然不亢不卑，解釋得也很清楚。「我不知道嚮導之間的等級差異有多大，但對哨兵來說，天生的基因會決定很多事情。簡正和黎英英都是高階哨兵，而且是高階中的頂尖，雖然還沒有離開白塔，但其實已經有軍方機構來招募他們了。」

談話間，幾人已經來到女死者黎英英的臥室，因為她是女學生主席，所以住的是單人套房，空間很寬敞，家具都是最簡單的樣式，顏色也幾乎是清一色的白，只有窗簾是淡紫丁香色，窗框也走一種古典歐風感，頗有點少女情懷。

馮艾保哪都沒看，逕直走到窗邊，伸手順著窗框摸了一圈。

「怎麼了？」蘇小雅忍不住好奇，他看不出窗子有什麼不對勁，頂多就是毛玻璃比較少見，霧得完全看不清楚窗外的景色，只透出了淺淺光暈。

馮艾保回頭看了他一眼，又露出那種讓人討厭的笑容。「你接著問，不用掛心我這邊的狀況。」

蘇小雅皺著眉，心裡不太爽的接著問陳雅曼：「你說軍方機構已經來招募他們的事情，大家都知道嗎？」

「學生裡只有少數人知道，都在學生聯會裡。」陳雅曼回答完後，表情隱約流露出一點遲疑，還往倫恩的方向看了一眼。

查覺到她的視線，本來跟在馮艾保身邊轉來轉去像個小迷弟的倫恩，依依不捨地離開馮艾保身邊，靠上前。「怎麼了？」

「我剛剛詢問陳同學，軍方機構已經招募了兩個死者的事情，是不是大家都知道。」蘇小雅再次重複自己的問題。

「不是，只有學生聯會裡的學生知道。」倫恩看了蘇小雅若有所思的臉龐，語氣躊躇著又說：「可是……這個……嗯……其實有沒有人知道都沒差別，我們哨兵離開白塔後，多半也是進入軍界、警界或情報部門，早晚而已。哨兵的服從性很高，低階哨兵天生就會服從高階哨兵，就算軍方提早招募他們，也不至於導致忌妒或其他什麼負面情緒產生的。」

兩個年輕哨兵可以說是非常顧慮小嚮導的心情了，非常委婉地否決了蘇小雅因忌妒而殺人這個猜測。

「原來是這樣啊……」蘇小雅是有點不好意思，不過他還年輕，以前也沒機會接觸年輕哨兵，很多細節不清楚也正常，所以尷尬的情緒很快就平復下來，很快問出下個問題。「那性格上呢？我聽說以前你們有個學長……」

馮艾保又發出笑聲，蘇小雅不爽地瞪了他一眼，卻見哨兵壓根沒往自己這邊看，正在翻閱死者生前的日記本一類的東西。

小聲在心裡哼了聲，他能感覺到自己的精神體躁動地撓了撓，但因為白塔的壓制並沒能跑出來，正不爽地甩著尾巴生氣。

他安撫了下精神體，也順便整理了下思緒，繼續問道：「他們是屬於守規矩的學生，還是有點叛逆精神的人？」

「這……」倫恩與陳雅曼對視了一眼，由倫恩開口回答。

「他們是好學生，一直以來都很遵守白塔的規矩，服從性非常高，但也並不古板。這樣說吧，馮學長以前留下的溜出白塔的方法，其實就在學生聯會裡流傳，簡正跟黎英英四五年前就知道了，但他們從來沒出去過。」

陳雅曼補充：「但其實已經畢業的學長姐中，有不少人都溜出去過，簡正跟黎英英也都知道，現在也有些比較叛逆的學弟妹嘗試過，他們也都睜一隻眼閉一隻眼。」

蘇小雅忍不住往馮艾保看去，成年哨兵不知什麼時候已經拉開椅子坐下了，但即使坐著也懶散得要命，身體七歪八扭的，怎麼舒服怎麼來，與眼前兩個身姿板正，站得直挺挺的年輕哨兵形成強烈對比。

「所以，當我們看到他們身上的禮服並非制式禮服時，我們也很驚訝。」倫恩最後嘆了口氣。

「為什麼驚訝？就算他們以前都不曾溜出白塔，但畢業舞會畢竟是大日子，他們突然心血來潮也不是不可能的。」蘇小雅不解。

「一個是因為，他們最近真的很忙碌。不管是操辦畢業舞會，或者交接學生聯會的事務，說真的我跟陳雅曼都猜不透他們哪來的時間離開白塔。」倫恩看向同伴徵求支持。

陳雅曼點頭贊同。「另外，我跟黎英英雖然算不上朋友，但我們還是討論過舞會禮服的樣式的。直到舞會前四天，她都打算穿制式禮服，也已經做好了，你看，還掛在衣櫃裡。」說著，少女走向衣櫥拉開來，裡面懸掛的全部是白色的衣服，只有一件與窗簾同色的長洋裝，在一片雪白中異常顯眼。

「簡正也是一樣的情況。我跟他以前是室友，算得上是朋友，他也已經做好了制式禮服。」倫恩跟著道。

「所以我們才會覺得驚訝，既然禮服都做好了，為什麼還要溜出去買禮服呢？如果都決定要溜出去了，又何必製作制式禮服？」兩個年輕哨兵異口同聲道。

「也許……他們只是不想讓大家知道，他們也會偷溜出白塔，畢竟男女學生主席怎麼樣也得當榜樣嘛！」蘇小雅直覺這麼回答。

「但是……」陳雅曼遲疑了下才說：「以前的學生主席也不是沒有人經常偷溜出白塔，這十年來畢業舞會上穿著外面買來的禮服的高階哨兵，甚至學生主席，也並沒這麼少見。」

「而且還能網購。」倫恩解釋：「金教官六年前回白塔任職後，就對最高年級學生開放了網路權限，我們是可以上網的，也能夠網路購物。像我這次的禮服，其實也是網路購買的，當初買的時候我還問過簡正要不要一起湊單，可以省運費呢。但他拒絕了。」

「學弟挺懂得省錢啊。」馮艾保這時插進話來，他似乎看完黎英英的日記了，用證物袋把幾樣東西裝起來後走過來，一股腦塞給蘇小雅。

小嚮導差點拿不住，東西有大有小，搞得他有些手忙腳亂，生怕不小心把某個證物給摔了，萬一摔壞他完全沒辦法承擔起責任。

「因為白塔太偏遠了，運費比較貴，我們還沒畢業，身上的可用資金也有限，所以想多少省一點。」倫恩臉色微紅，搔著頭看著崇拜的學長傻笑。

馮艾保對年輕哨兵豎起大拇指，接著對蘇小雅交代：「小眉頭，你把東西先收進背包裡。」

還需要你說嗎？蘇小雅瞪了眼馮艾保，他本來就打算把東西收背包裡，只是來不及做而已。現在倒像是馮艾保提醒了他才想到可以這麼做，顯得他很沒腦袋似的。

這人怎麼這麼討厭啊！

「接著去簡正的房間吧！」馮艾保渾然不覺小嚮導的瞪視，像個體貼的長輩般，替對方拉開了背包的拉鍊，讓蘇小雅更不高興了。

簡正的房間擺設大同小異，白色的基礎家具，一扇毛玻璃窗子，窗簾是薄荷奶油色的，給人一種清爽俐落的感覺。

馮艾保一樣先走到窗戶邊，伸手摸了一圈窗框，抿著唇似乎在笑。蘇小雅不確定，角度問題他其實只看得到馮艾保頸側連上去的那片臉頰跟下頷骨。

衣櫃裡有套製作好的制式禮服，是庚斯博羅灰，明亮且典雅，蘇小雅不由得想起黎英英衣櫃裡的淡紫丁香色禮服，跟簡正的禮服顏色挺搭的。

「你還有什麼想問的嗎？」馮艾保在臥室裡遊走，著重翻看了幾個抽屜跟櫃子，用戴著白色手套的手拿出幾樣小東西，很隨興地翻轉地看了幾眼，便全都分別裝進證物袋中。

「暫時沒有……」蘇小雅搔搔臉頰，有種說不出的不甘心。他決定等回家就開始研究審訊室的紀錄！

「那換我問幾句。」馮艾保找出了簡正的日記本，正在翻看，態度還是那般漫不經心的。

偏偏倫恩就像被妖精迷惑了一樣，從頭到尾都用亮晶晶的眼神看著馮艾保。

「學長你儘管問，我跟陳雅曼知道什麼都會說。」可以說是非常迫不及待表忠心了。

陳雅曼沒有他的熱情，淡淡地嗯了聲。

蘇小雅上前把證物袋的東西全部拿走，打算邊聽著馮艾保問訊，一邊將東西分門別類整理好，順便看自己能不能從中理出點頭緒。

他確實覺得兩名死著的舉動很奇怪，照倫恩所說，因為畢業前哨兵吃住都在白塔裡，雖然國家有給零用金，但累積起來也不會太多，畢業舞會上稍微多花銷點，離塔時就很容易口袋空空。

簡正跟黎英英都與家人斷絕關係了，儘管是高階哨兵，家人們偏偏全都是普通人，躲著他們都來不及，當年他們進白塔後，就舉家不知道搬遷去哪裡了。當然，若動用國家資料庫，要找出家人目前的居住地址並不難，這點小後門政府也樂於賣哨兵個人情。

可陳雅曼說，簡正和黎安安並不打算找尋家人，他們沒有興趣，也不覺得這麼淡薄到幾乎接近畏懼與仇視的關係，有什麼好挽回的。還不如自己好好過日子。

所以，他們兩人都很有計畫地存錢，在能上網之後也會做些風險不高的小投資。畢竟軍方待遇固然不錯，可是……

「黎英英說她拒絕軍方招募了，還沒決定要做什麼。」陳雅曼這麼說的時候，表情極為困惑，完全無法理解黎英英的選擇。

至於簡正對未來的規劃，就倫恩說，也是暫時婉拒軍方招募，似乎另外有打算，但並沒有向任何人提起。

這兩個死者身上都有祕密，但蘇小雅覺得自己像看著一個打結的毛線球，找不到線頭在哪裡。

馮艾保翻書頁的聲音很輕微，卻存在感十足，不知不覺在場幾個人的注意都聚集到他身上，屏氣凝神地等著他開口。

「他們兩人的交情好嗎？」片刻後，馮艾保終於開口問。

「他們的交情？」倫恩與陳雅曼對望了眼，似乎挺意外馮艾保會這麼問。最後由陳雅曼回答：「我沒感覺他們交情特別好，但應該也不差。畢竟是男女學生主席，平常都要一起處理公務。」

「那跟與妳的交情相比，簡正和黎英英的交情如何？」馮艾保狀甚慵懶地抬起眼皮看了陳雅曼一眼。

「這……」陳雅曼遲疑片刻，才語氣虛浮地回答：「也許，差不多吧？雖然他們在學生聯會的交集很多，可私底下應該沒有特別多的接觸。我跟黎英英住隔壁，私下接觸算比較多的。」

「倫恩學弟，你怎麼看？」馮艾保把問題丟給倫恩。

「我的判斷跟陳雅曼差不多，他們平常的接觸應該都是在學生聯會裡。黎英英很早就成為女學生主席，算是被破格提拔，簡正是兩年前才當選的。他們私下應該沒有特別接觸。」

馮艾保聞言點點頭，又翻了一頁日記，接著問：「你們現在有開場舞嗎？」

「你是說畢業舞會開場舞嗎？」陳雅曼確認，見成年哨兵點頭，這才回答：「不算有，雖然說是舞會，但其實也沒什麼人會去跳舞，主要就是吃喝聽音樂，有交情的人聊聊天。」

馮艾保輕笑。「妳這個回答很有意思，非常不哨兵。」

在訓練跟天性的影響下，哨兵面對問題一般會給予明確簡短的回答，成年且社會化足夠的哨兵，確實也懂得顧左右而言他、模擬兩可的回話方式，但本質依然不會改變太多。

而陳雅曼不過是個還沒離開白塔的哨兵，她的回答卻如此不精確，就連倫恩都用種疑惑的眼神迅速瞥了她一眼。

聞言，陳雅曼的臉色倏地一僵。

「妳回說『不算有』，那實際上應該是有的。只是妳不認同，或者當天確實有類似開場舞的活動，但妳不願意參加，是嗎？」馮艾保的語氣半點不咄咄逼人，卻令人有些難以招架的感覺。

陳雅曼的表情硬得像戴上了石面具，抿緊嘴唇不願意回答。

「所以那天晚上，簡正跟黎英英負責開場舞，因此他們死亡的地點，才會是一片乾淨絲毫不髒亂的區域。」因為那塊區域已經被規劃成舞池了，既然要跳舞，就不會擺放其他的家具，也會跟食物區隔出一定的距離。

「當天，你們都在一旁看他們跳舞嗎？」不等兩個年輕哨兵回話，馮艾保又繼續問。

「不能算跳舞吧……」倫恩察覺陳雅曼情緒不對勁，連忙開口接下問題：

「我們其實都不會跳舞，當初在規劃活動的時候，舞池也只是個選項而已。舞會前簡正才突然決定，他說過去畢業舞會都有點名不符實，根本沒人跳舞太可惜了，我們也許可以當第一批嘗試者，剛好這次選的也都是古典樂，所以舞池是在開場前一小時布置好的。」

「他們跳什麼舞？」馮艾保興致勃勃地問，又翻了一頁日記。

「我也不知道……大概是噹噹噹，噹噹噹這種感覺。」倫恩看起絞盡腦汁，伸手抹了抹額頭上不知何時冒出的汗。

「喔，小步舞還是華爾滋呢？」馮艾保點了點頭，操作了一下手腕上的微型電腦，似乎在檢查什麼列表或是單子，片刻後他道：「第一首曲子是Menuet Waltzer，小步華爾滋，滿適合身體反應快、肢體協調但沒怎麼跳過舞的人。」

「原來那叫做小步華爾滋，他們跳得滿漂亮的，對吧？」最後是在徵詢陳雅曼的認同。

但少女並未理會倫恩，依然臉色僵硬，嘴唇拉成冷酷的線條，眼神空洞地看著馮艾保不說話。

「跳得很漂亮嗎？中間沒有卡過拍子，或跟曲子對不上的時候？」馮艾保是個講話很溫和，甚至稱得上溫吞的人，他聲音非常好聽，蘇小雅雖然討厭這傢伙，但也是第一次知道原來真有人的聲音可以用「中提琴」描述。

但顯然他悅耳的聲音對兩個年輕哨兵來說無福消受，就是小迷弟倫恩，表情都僵硬了起來，似乎不知道怎麼回答問題才好。

「我不知道，我沒注意。」沉默了將近一分鐘，倫恩抹著額上的薄汗正打算開口的時候，陳雅曼搶先說話。「你說得對，我對開場舞這件事很反對。你也是哨兵，應該能理解，任何計畫都必須按部就班，尤其是畢業舞會這種事關重大的聚會。白塔裡七成哨兵都是低階哨兵，剩下三成裡只有不到一成是高階哨兵，幾乎都被聚集在學生聯會裡。我們必須對其他人負責。」

「所以，妳做了什麼？」馮艾保闔上簡正的日記本，那細微的聲響對陳雅曼跟倫恩來說猶如驚雷，兩人同時縮了縮肩膀。

倫恩看起來更狼狽點，他茫然地看著身邊的同學，陳雅曼背脊挺得筆直，像一株還不夠健壯卻絲毫無法被摧折的小樹。

她全然不畏懼眼前成年且正值巔峰期的哨兵，臉色雖蒼白神色卻堅毅，嘴唇完全沒有血色，幾乎要與身上的純白衣物融為一體。

「我把頂燈調亮了。」陳雅曼一個字一個字，緩慢但確實地說著：「舞池布置得很倉促，所以跟周圍的布置並沒有明確的區別。因此黎英英提議，也許可以多放一個頂燈照明，用光線區隔出舞池。但我們去哪裡臨時生一盞燈出來？舞會就快開始了，所有布置各就各位，別說一盞燈，我們連一根針都不可能多出來。」

「妳不是說妳調亮了頂燈？」蘇小雅忍不住插嘴。

「對。」陳雅曼轉頭看向小嚮導，音調毫無起伏，但卻給人一種彷彿正在盡全力嘔吐的感覺，不斷把言語吐出身體。「還記得我剛才說過的嗎？哨兵的服從性很高，雖然高階哨兵比較容易叛逆自我，但我們總歸無法抵抗基因刻下來的，對強者的服從。黎英英跟簡正是整座白塔扣除老師教官之外最強的兩人，我雖然一開始不太樂意配合，但並沒有憤怒或其他強烈的負面情緒。而是想著要怎麼解決燈光的問題。」

說到此處，陳雅曼突然笑了。

這是蘇小雅見到她之後，第一次在她臉上看到笑容，竟有種令人毛骨悚然的瘆人。

「簡正說，他那邊有一盞舞台頂燈，不大，燈光也不特別刺眼，讓我跟倫恩來他房間把燈拿過去裝設好。」陳雅曼的面孔扭曲，原本端正秀麗的五官不復存在，宛如一幅被淋上了大量松節油的油畫，正在融化。

她看著藏不住驚惶連退幾步的蘇小雅，與其說笑著不如說把嘴巴咧出笑的形狀。「你是不是想說，既然簡正都準備好了，那不是剛好嗎？我為什麼反而生氣了？」

蘇小雅點點頭，他雖然有些受到驚嚇，但還是很快穩住了自己的情緒。這對嚮導來說接近本能。

「我不明白，就算妳覺得簡正剛愎自用好了，但妳的氣憤已經超出正常反應了，為什麼？」

陳雅曼瞪大眼，眼白布滿了血絲，要不是身在白塔中，可能會撲上來攻擊蘇小雅，或起碼會放出精神體攻擊他。

「他如果早就有打算了，為什麼不說？我們要考慮所有人的刺激接受閾值，雖說低階哨兵沒有高階哨兵那麼敏銳，但那同時代表他們可能無法及時察覺自己正在刺激的傷害當中，等發現時可能已經造成不可逆的傷害了。我們……還沒出白塔，我們還非常脆弱！黎英英跟簡正竟然……絲毫都沒考慮過嗎？」陳雅曼幾乎可以說泣血嘶吼。

蘇小雅本想用精神力安撫她，可惜經驗還不足，他現在拿接近癲狂的陳雅曼毫無辦法，反而還被她的氣勢給壓制住了。

「我只是……我只是聞到了一點洗潔劑的味道，我只是想、只是想給他們找一點麻煩而已……」陳雅曼爆發完後猛地摀住胸口，大口喘氣，眼淚不斷往下滾落，在地上砸出水痕。

「不對勁！立刻叫醫務員來！」馮艾保瞬間像枝離弓的箭從椅子上彈起，幾大步來到陳雅曼身邊，伸手扶住即將成年的哨兵，其中一隻手掌覆蓋在陳雅曼太陽穴，同時對蘇小雅喝道：「立刻去一樓把何思帶上來！」

哨兵與嚮導的特性在這時候展露無疑，幾乎是馮艾保剛下完命令，倫恩就衝出房間找醫務員了。而蘇小雅愣了下，大約三五秒後才轉身往電梯衝。

一樓走廊上，何思正與金教官在談話，電梯門一開蘇小雅立刻看到兩人，來不及出去就拉開嗓門大喊：「阿思哥哥！大叔叫你快上去，陳雅曼出事了！」

何思神色一凜，立刻衝進電梯，同時金教官也跟來了，還比何思快了一步。電梯速度快得幾人都沒時間交流事件經過，來到二樓就匆匆往簡正的房間跑。

房間裡，陳雅曼躺在地上，表情詭異得非常安詳，與蒼白到幾乎與衣服融為一體的臉色渾然不搭邊。

醫務員蹲在旁邊正試圖急救，馮艾保坐倒在一旁不知為何肉眼可見的疲倦憔悴，在發現何思跟金教官時，緩緩搖了搖頭。

陳雅曼，死了。

第四章　祕密與祕密的戀人

蘇小雅、何思與馮艾保三人用不同姿勢癱在車子裡。

因為馮艾保先前的狀態看起來非常不好，冷汗流得襯衫後背都是濕的，不得不臨時向金教官借了衣服跟浴室，梳洗了一番。

金教官在見到陳雅曼的死後大受打擊，短時間內死了三個年少的高階哨兵，就算是蘇小雅都覺得幾乎要心臟病發作了，更何況是對學生盡心照顧的金教官？他的精神圖景當場就有點狂化的跡象，所幸何思就在身邊，加上二樓是學生住宿區，白塔的壓抑溫和許多，總算讓何思沒在安撫完金教官後脫力暈厥。

兩個成年人都成了病號，唯一生龍活虎的竟然是最嫩的蘇小雅。

還好他前陣子剛拿到了汽車駕照，還能開車把兩人送回家。不過他們並不急著離開。

馮艾保在梳洗完後恢復了一些，不顧何思的勸阻還是回二樓搜了陳雅曼的房間一圈，也同時在金教官的陪同下，進倫恩的房間看了看。

不過因為倫恩還活著，他本人也正為同學的猝死而驚魂未定，看起來渾渾噩噩的，馮艾保在房間繞了一圈並沒有動任何東西，只問了倫恩能不能交出日記。

倫恩同意了，用顫抖的手連開了幾次才把抽屜上的鎖頭打開，拿出自己的日記遞給馮艾保。

然後，馮艾保就燃燒殆盡了。

他是被金教官跟艾琳娜一起架回車子的，現在像條中暑的老狗，趴在後座上，可憐地蜷曲著高大的身軀，氣若游絲。

差不多是他被扔出來的同時，鑑識科跟汪法醫也到了，白塔二十四小時內再次圍起黃色警戒線。

蘇小雅本想著應該能離開了，但何思及馮艾保都要他等，他雖不明所以但還是乖乖聽話，坐在駕駛座上擔心地看著何思。

「要不要我去要點水來？」

何思因為精神力透支，皮膚蒼白得近乎透明，雙眼似乎都睜不開了，把副駕的椅子往後調整了六十度左右，半躺著像睡著了。

聽見蘇小雅的關心，他奮力撐開眼皮，瞇著眼搖搖頭：「不用，我多休息一會兒就好。」

「是嗎？」蘇小雅皺著秀氣的眉頭，很不以為然，但也沒多說什麼。接著把視線移往反光鏡上的馮艾保，躊躇了下還是問道：「那你呢？要不要我幫你要杯熱水來？」

「我現在需要的不是熱水……但謝謝你的關心。」馮艾保還是用同樣的軟爛姿勢趴在後座上，他眼睛半閉，眼白的部分通紅著，一副累慘了的樣子。

也不知道為什麼會這麼累？明明進白塔之後他還是很有活力啊！好像是從陳雅曼搗胸倒下後，馮艾保的狀態就突然間變差了，憔悴得彷彿老了幾歲。

乾坐著實在很無聊，但蘇小雅也不敢打擾兩人休息，只得拿過自己的背包，把裡面的證物挖出來翻看。

他不敢把東西從證物袋裡取出來，都是隔著袋子看的，加上他還不是真正的刑警，查閱日記這個想法剛冒出來就被他按下了。其他的小東西也夠他看了才對。

黎英英不愧是個年輕女孩，即使住在白塔裡，還是有幾樣小巧的金銀飾品，平時戴在身上都不會引人注意，比如手鐲、戒指、項鍊之類的。

這些東西應該都是經由網購買來的吧？蘇小雅點了點，竟然有十二三樣，對比陳雅曼嘴裡塑造的那個強大嚴肅的女學生主席，總覺得形象不太對得上。

其中有個戒指樣式特別漂亮，是鏤空雕刻的盤纏枝葉，做工非常精緻，看得出是常春藤，最後匯集在一起拱著顆小巧但成色溫潤剔透的珍珠。

蘇小雅心裡微微一突，有個念頭閃過腦中，但一樣抓不住，還來不及搞清楚就消散了。

他頗感挫折，把那枚戒指拿在手裡翻來覆去地看了許久，直到車窗被人輕敲了敲才猛地回過神。

窗外是汪法醫，蘇小雅連忙把車窗按下來。

「還活著嗎？」汪法醫探頭往後座看，見到還爬不起來的馮艾保嘆口氣。

「也算是被你倒楣遇上了。」

「倒楣？」何思張開眼。

「對，真正死因還不確定，但我懷疑死者是死於毒物。她四肢末梢發紺，是缺氧的症狀，臉色異常慘白，死前流了很多汗，心臟位置有抓撓痕跡，應該是胸悶或胸痛的關係。」汪法醫說著嘆了口氣。「而且，她死前精神圖景潰散，我想馮艾保是因此才受到影響吧。」

後座上的哨兵哼哼兩聲，應該是同意的意思。

精神圖景狂化甚至潰散的時候，狂暴的情緒及精神力會往外擴散，攻擊附近任何觸碰得到的精神力，即便是同等級的哨兵也很容易在這種狀況下被攻擊受傷，而導致自己的精神圖景跟著潰散。

也難怪第一時間馮艾保把兩個年輕人趕走，自己衝上去抱住了陳雅曼，現在一副去了半條命的樣子。

「又是中毒嗎？也是跟之前一樣的毒？」何思打起精神問。

「不可能，我傾向是口服的毒藥。畢竟馮艾保就在現場，如果有清潔劑防腐劑揮發的毒氣，他肯定能聞得到。」汪法醫想都不想就否定了。「我……算了，等一下屍體就要運回驗屍間了，明天給你們報告。」

「感謝學長……」馮艾保有氣無力的，還不忘對汪法醫拋個媚眼。

「你好好休息吧！別再皮了。」汪法醫無奈，他從口袋裡掏出個像糖果的東西，拋給馮艾保。

圓滾滾的小東西咚一下砸在馮艾保肩膀上，骨碌碌順著肩頸線條滾下去，最後停在馮艾保靠在座椅上，被擠壓得變形的嘴邊。

「吃個修復精神力的藥丸，回去好好睡一覺。必要的話請何思陪著你……」汪法醫看了眼垂死中的何思，又重重嘆口氣。「不行，何思也得休息。」

「學長別擔心，我睡個覺就好，沒問題的……」馮艾保說完話，用一種噁心到讓蘇小雅縮起肩膀抖了抖的姿勢，像隻阿米巴原蟲一樣，把嘴邊的藥丸舔進嘴裡有氣無力地嚼著。

看起來完全不像沒問題！

汪法醫顯然也是這麼認為的，馮艾保是頂尖哨兵，他現在虛弱成這副德行，誰能安心放他自己一個人回家休息？本來應該要把人強制送去醫院觀察的，但汪法醫熟知馮艾保的性格，這傢伙不可能乖乖待在醫院，更可能趁機溜出醫院，那不是平白增加風險嗎？

一時間，除了馮艾保嚼著藥丸，最後吞嚥的輕響，竟誰都沒開口。

嗯？不對……蘇小雅突然抖了下，背脊寒毛直豎，有四道視線聚集在他身上，看得他心慌意亂，想假裝沒注意到都不行。

視線來自汪法醫跟何思，蘇小雅把證物塞回背包裡，不得已抬頭迎向兩人的注視。「你們……想對我說什麼嗎？」

「小雅……」何思先開口，他看起來欲言又止，叫了聲蘇小雅的名字後，神情糾結著沒再說話。

汪法醫就沒那麼多顧慮了，他看著小嚮導問：「你應該成年了對吧？我聽說你是在參觀的時候被馮艾保抓去簽實習申請的，他很看好你。」

「呃……我成年了，也確實是被帶走說服簽了實習申請，但是他看不看好我這我也不清楚。」蘇小雅回答得小心翼翼。

「他肯定挺喜歡你的。」汪法醫語氣篤定。

「小雅年紀還小，也沒必要這樣……」何思氣力不足地開口緩頰。

「你應該是高階嚮導，是不是還能看得到馮艾保的精神體？」汪法醫也是少數知道馮艾保精神體狀態的人之一，只是也無緣看見到底是什麼型態。

但這不妨礙他在聽見同事轉述馮艾保帶走蘇小雅當時的情景時，推斷出應當是兩人的精神體打在一起的可能性。

蘇小雅不回答，但此時的不回答實際上回答了很多事情。

「不如這樣吧，就委屈你幫忙照顧馮艾保一個晚上？」汪法醫平常看起來溫和有禮得不像個哨兵，但此時此刻，他的專斷獨行完全將哨兵的特質展露無遺。

這不是詢問甚至不是商量，而是告知。

蘇小雅啞然地看著窗邊的中年哨兵，耳邊聽見馮艾保欣然同意。「這倒是個好辦法，我沒有異議。」

他不禁脫口問道：「你們哨兵的字典裡是不是沒有『尊重』兩個字？」

聞言，汪法醫一愣，看著蘇小雅的眼神先是訝異，接著是了然，正打算開口說什麼時，馮艾保先開口了。

「小眉頭別生氣，『尊』、『重』兩個字還是有的。」因為吃了藥而稍微恢復的哨兵立刻皮了起來。「不過這兩個字是不是組合在一起，就因人而異了。」

「謝謝你的說文解字喔！」蘇小雅回頭狠狠瞪了笑容可掬的馮艾保一眼。

「你不去嗎？」馮艾保笑問。

蘇小雅哼了聲，轉回頭。「阿思哥哥，我先送你回家。」

沒說去也沒說不去，但先送何思這個決定說明了很多事，可能也是蘇小雅最後的倔強吧。

☼ ☼ ☼

一進家門，馮艾保甚至沒花時間招呼蘇小雅，不斷碎念著抱怨：「身上都是金炳輝的臭味……臭死了……」邊走邊把衣服脫個精光，最後走進浴室裡碰一聲關上門。

蘇小雅就跟在他身後，看著哨兵露出寬肩窄臀的精壯身軀，淺麥色的皮膚顏色均勻，沒有哪處特別淺或特別深，乍看之下非常光滑，漂亮得彷彿會反光，緊實地包裹著線條流暢分明，卻不過分巨大虯結的肌肉。

無論是站在同性或者嚮導的角度，蘇小雅都得承認馮艾保的身體令人豔羨，是那種多一分太壯，少一分太瘦的勻稱，完全不像他那隻毛茸茸胖嘟嘟的精神體。

這麼說也不對……蘇小雅微微瞇起眼，看著被拋在地上的小塊布料，質地看起來是冰絲的，之前宛如肌膚般包裹著男人弧度飽滿、翹挺且緊實的臀大肌，堪稱絕景。

跟黃金鼠的屁股一樣，圓潤且迷人，令人忍不住想伸手摸兩把……

不管再怎麼面無表情，外表看起來多稚嫩，蘇小雅畢竟是個成年的男人，看到符合審美的肉體時，思想依然會控制不住往糟糕的方向滑坡過去。

不過欣賞是一回事，打算睡人家又是另外一回事了，蘇小雅目前暫時停留在飽眼福的階段，沒想什麼更糟糕的意淫。

馮艾保這次的澡洗了非常久，蘇小雅不得不用精神力悄悄觀察了幾次，確定浴室裡的人依然神智清醒，不需要自己破門進去救人或者打電話叫救呼車來幫忙。

但乾等實在很無聊，蘇小雅於是又盯上了背包裡的證物。

原本依照規定，他們應該先把證物送回警局建檔，而不能像現在這樣帶在身邊甚至還拿回家裡，這是為了避免證物被汙染，又或者被不法變造。

然而在白塔時的馮艾保及何思，看起來都是只剩一口氣就要掛了的狀態，誰還記得這包證物要怎麼處理？甚至沒想到可以先把東西交給鑑識科的人帶回去。

不過現在既然已經想起來了，亡羊補牢猶未晚啊！還是可以打電話讓人來拿走的吧？蘇小雅思考著，拿起電話撥去了重案組，被某值班的嚮導接到。

兩人交談了幾句，得知今晚發生的狀況後，對方表示可以來馮艾保家把證物拿回警局，幫他們建檔。

從中央警察署過來，單程大概是十分鐘車程，蘇小雅連忙最後盤點了一次證物數量，不忘多看幾眼他好奇的幾樣證物，想了想乾脆拿出手機把幾樣東西都先拍下來，也許晚點回家能再多檢視幾回，說不定能發現什麼蛛絲馬跡？

重案組的同事很快就到了，房子的主人馮艾保還在浴室裡哼著歌洗澡呢！

「他還好嗎？我聽說死者臨死前精神圖景潰散。」來的嚮導叫安潔琳，是個三十多歲的小個子女嚮導，溫柔的精神力觸手從蘇小雅身邊探進屋子裡，遠遠地感受了下馮艾保的生理狀況。

「好像還可以。」蘇小雅聳聳肩，如實匯報自己知道的狀況。「他吃了汪法醫給的藥丸後，精神好像就恢復滿多的，回家後還有精神罵金教官很臭，把借來的衣服扔得到處是，進浴室洗到現在都沒出來。」

也不知道是不是打算把每一寸毛細孔都洗乾淨才罷休。

聞言，安潔琳噗嗤一笑。「那看來他還挺不錯的，沒受到什麼嚴重的傷害，還有精力排斥其他哨兵的費洛蒙素。」

「高階哨兵都是這樣的嗎？」有些疑問蘇小雅覺得問何思很尷尬，這時候遇上了起碼要當一陣子同事的成熟嚮導，剛好可以替他解惑。

「對。」安潔琳點點頭，兩人已經移到客廳裡，她正對著清單清點證物，分神回答：「特別是像馮艾保這種高階中的頂尖哨兵，其他哨兵的費洛蒙素會令他本能排斥，是種領地被侵犯的感覺。」

喔……那不就跟狗狗用尿圈勢力範圍一樣嗎？蘇小雅腦子瞬間冒出這個想法，雖然面無表情，但心裡其實已經樂得偷笑起來。

「不過，雖然現在看起來問題不大，但可能還是需要你多費心注意。要是馮艾保突然陷入昏迷，或有出現狂躁症狀的時候，還是得盡快聯絡醫院。你經驗不足，千萬不要冒險用精神力去安撫他。」安潔琳很快清點完證物，溫和但嚴肅地提醒蘇小雅。

「我知道。」蘇小雅點點頭，他這人沒什麼特別的優點，但從來不會高估自己的能力，絕不會因為自尊或自信而喪失求助的時機。

安潔琳透過精神力觸手傳遞過來的情緒波動，確定眼前的小嚮導沒有敷衍自己，欣慰地笑了。「那就好，接下來這段時間我們也是同事了，有機會一起吃個飯熟悉熟悉。」

「好，謝謝姐姐。」蘇小雅不算嘴甜的人，但該社交的時候他也是懂得如何社交的。

被可愛的小男生叫姐姐，安潔琳臉上都笑開花了。

因為急著將證物送入庫建檔，安潔琳並沒有多留，很快起身告辭離開。

送走安潔琳後不到五分鐘，馮艾保終於從浴室裡施施然走出來，身上隨意披著件浴袍，腰帶都沒綁好，鬆鬆地散著，露出精壯結實的胸膛、六塊腹肌和人魚線……好吧，起碼內褲是有穿的，一件低腰的冰絲三角褲，恰到好處地擋住了重點部位，鼓起個頗有分量的弧度。

這傢伙肯定有修毛的習慣，看看那麼小的布料，竟連一根雜毛都沒往外翹，還挺悶騷的。蘇小雅內心胡思亂想，表面依然波瀾不驚，甚至還有些嚴肅。

馮艾保正拿著毛巾擦頭髮，細碎的水珠四散，空氣中很快瀰漫開了屬於馮艾保的哨兵費洛蒙素氣息。

蘇小雅看了眼被拋在地上，顯然依舊殘留著金教官費洛蒙素的衣物，內心翻了個白眼。

又在標示領地了。

話說回來，黃金鼠這種動物的領域觀念也很強，似乎只要兩隻成年黃金鼠湊在一起，無論性別同不同，沒打砲就是打架，而且會打得不死不休那種。

實在受不了馮艾保越來越濃烈的費洛蒙氣味，蘇小雅不得不加強屏障，索性封鎖了自己的嗅覺，順便起身把金教官的衣服全部收起來，摺疊好塞進自己的背包裡，緊緊拉上拉鍊。

「小朋友挺貼心啊？」馮艾保似乎已經完全恢復了，彎著一雙桃花眼開始嘴花花。「以後肯定會是個好嚮導。」

呵呵。

蘇小雅給他一個白眼，見總算把頭髮擦得八成乾的馮艾保將浴袍的腰帶綁好，除了胸肌擠出的溝壑外，什麼也沒露後，才解除了對嗅覺的屏障。

馮艾保家的客廳很寬敞，一整套的沙發組，有三人座、雙人座還有單人座，蘇小雅老早占據了單人座，馮艾保就在雙人沙發落坐，把手上的毛巾隨意往茶几上一扔，愜意地翹起長腿看著面無表情的小嚮導。

「剛剛有誰來了？」

「安潔琳姐姐，她把證物帶回去入庫建檔。」既然是正事，蘇小雅回應的態度也很端正。

「你還真是個守規矩的小朋友。」馮艾保打個哈欠，輕嗤。

「我只是為了確保證物的可靠性。」蘇小雅板著臉回答，神態嚴肅。「不然你本來打算對證物幹嘛？」

「沒打算做什麼。」馮艾保對蘇小雅咧嘴，彷彿覺得逗小嚮導很有趣。「既然我精神恢復得差不多了，不如我們來整理一下這個案子的細節吧？」

面對馮艾保的提議，蘇小雅自然不會拒絕，他確實也有不少疑惑。

「你有什麼想問我的？」見蘇小雅正要開口，馮艾保又突然抬手制止他。

「等等，我去準備個飲料零食，我們邊吃邊聊。」

啊？蘇小雅不可置信地看著馮艾保興匆匆站起身，一頭鑽進廚房裡，接著傳出來諸如開關冰箱、開關櫥櫃、撕開包裝袋、食物倒進盤子裡之類的聲音，最後馮艾保的聲音傳來。「小眉頭，進來幫個忙吧？我拿不了這麼多東西！」

不是！這時候與其準備飲料零食，難道不是應該先換個衣服而非穿著浴袍亂晃啊！他好歹是個客人吧！難道不值得一套休閒服的禮遇嗎？

蘇小雅腹誹不已，但還是乖乖起身走進廚房，瞠目結舌看著滿櫥櫃的食物。

「我餓了。」馮艾保看見小嚮導瞪大的眼中滿是不可置信，聳聳肩為自己辯解。「我剛消耗了很大的精力去修復自己的精神圖景，儘管現在大致已經恢復正常，可是消耗的體力需要補充回來。你要是不信，可以摸摸看我的肚子，都扁了。」

蘇小雅看了他一眼，又看了流理台上不知道怎麼能在短短不到十分鐘的時間裡生長出來的食物，鬼使神差地伸手往馮艾保肚子摸過去。

浴袍是很舒服的材質，又輕又毛，觸感像是雲朵一樣，但並不特別厚，稍稍往下按一點就會碰到馮艾保的腹部……蘇小雅回想起不久前他看到的六塊腹肌，緊實但不誇張，淺麥色的皮膚有綢緞般的光澤。

第一個感覺是硬。像是一堵牆，矗立在柔軟布料之下。

接著是一種彈性，非常難形容的感覺，也不知道該形容成天鵝絨包裹著鋼板還是鋼板中以天鵝絨為芯。總之手感非常好，溫度略高但不燙手，彷彿會吸附住手掌似的，蘇小雅控制不住地連連揉了幾下。

「喜歡嗎？」馮艾保也沒躲閃，大大方方任由蘇小雅摸得不亦樂乎。

「還可以吧……」被問得臉紅，不過蘇小雅的表情從來都看不出他心裡想什麼，那點淺淺的紅也不明顯，於是他像個沒事人一樣把手縮回來。「沒有比較基準，不確定你肚子扁了沒有。」

話音剛落，咕嚕嚕的聲音從馮艾保肚子傳出來。

兩人面面相覷了片刻，蘇小雅沒忍住噗嗤笑出來。

「我能吃東西了嗎？」馮艾保可憐兮兮地揉著肚子問。

「吃吧吃吧，我也有點餓了。」這倒不是為了顧慮馮艾保面子特別找的藉口，蘇小雅年紀還輕，正是食量最大的時候，更別說這一整天過得可謂是跌宕起伏。

先是白天在中央警察署跟馮艾保的精神體打了一架，後來又在白塔裡目睹了一個人的死亡，這段時間裡他連口水都沒喝過。

現在突然放鬆下來，立刻感覺到自己其實又累又餓又渴。

「多巧，我也準備了你的份。」馮艾保指了指正在微波爐裡轉動的食物，還有一旁正在運作的電鍋，食物香味開始往外飄。

不知道為什麼，蘇小雅腦中閃過「吃人的嘴軟、拿人的手短」這麼一句俗諺。

不然，晚點把紺放出來，給馮艾保擼兩把？

東西下肚，兩個人發覺自己真的是餓慘了。哪還有什麼閒工夫聊案情，馮艾保家沒有餐桌，這傢伙長得好看，過得卻很隨便，平常都是在茶几邊吃飯的，今天自然也不例外。

吃得都不是什麼特別美味的東西，不是微波食品就是冷凍食品，包子、燒賣、蒸餃、滷味等等，分量不多但種類不少，寬敞的客廳裡很長一段時間只有用餐的咀嚼聲。

大約用了半個多小時把自己塞飽，馮艾保喀拉開啤酒罐，咕嘟咕嘟一口氣把三百五十毫升全乾，又喀一聲打開了一罐。

蘇小雅喝的是氣泡水，海鹽檸檬味的，氣泡很刺激也很涼爽，調味倒不明顯只有隱約的鹹味，正合他的喜好。

剛吃飽，兩人各自癱倒在座椅上放空，看著桌上的空盤，蘇小雅才明白為什麼馮艾保要用紙餐具，不用花時間洗碗真的很愉快，只能再次對不起地球了。

「你有拍照嗎？」馮艾保問。

「證物嗎？」蘇小雅確認。

「是。」馮艾保咕嘟喝了口啤酒，隨意用手被抹去唇邊的泡沫，大大地吐了一口氣。「不用拿給我看，你可以當輔助記憶。」

言外之意應該是馮艾保早已將現場跟蒐集到的證據都記在腦子裡了，蘇小雅想起何思提到過，馮艾保的記憶力特別好，儘管不到瞬間記憶的程度，但只要他有心要記，那就可以長時間不忘，細節保存程度堪比照相機。

蘇小雅點點頭，拿起手機翻了翻相簿，恰好就看了那枚常春藤盤纏的戒指，立刻停下來又看了幾眼。

「想問什麼？」馮艾保自然沒有看漏他皺起來的眉頭。

「黎英英的遺物中有一枚常春藤戒指，搭配的寶石是珍珠，我覺得這個搭配，好像……不太像一個女孩買給自己的禮物。」在白塔的時候蘇小雅就特別注意到這枚戒指，現在總算把當初那一閃而過的念頭抓住了。

但凡飾品，不管是平價還是高價，無論手工或量產，都有個共同的特質：選用有意義的圖樣。

比如說，很多平價量產飾品喜歡百合、玫瑰、星星、愛心之類的圖樣，代表的都是少女的甜美、純真或者更深一層對愛情的嚮往之類的寓意。而高價甚至訂製的飾品，就會開始與各種神話、花語、寶石語扯上關係，總之飾品本身就不算是日常用品，自然得有些附加的意涵在身上才更好販賣。

珍珠算是常用材料，蘇小雅沒有足夠的能力判斷戒指上的珍珠是真是假、養殖的還是天然的，但他記得戒指實物上的珍珠雖然不大，光澤卻非常柔和溫潤，給人一種珍珠彷彿會呼吸的感覺。

他直覺的想法，這顆珍珠肯定是真的，而且價值不菲。

當然，黎英英可以幫自己買好珍珠，據陳雅曼說黎英英其實小有資產，所以才有拒絕軍方招募的底氣。但陳雅曼同時也說，黎英英為了出白塔後的生活無虞，平時並不會亂花錢。事實也證明，除了這枚常春藤戒指外，黎英英持有的飾品都是便宜的小東西，乍看下是金銀材質，實際上都是鍍的，還有幾個是矽膠材質。

這就更顯得這枚戒指的格格不入。

「你看了簡正的遺物嗎？」馮艾保斜倚在沙發邊上問。

「看了，但沒有仔細看……」蘇小雅搔搔臉頰，知道自己犯了思慮不周的毛病，他被黎英英的戒指吸引後，就沒怎麼仔細查看過簡正那裡的東西了。

「簡正也有一枚男用戒指，僅此一枚。」馮艾保仰頭把剩下的啤酒喝完，隨意把空罐放在沙發腿邊。「你猜猜，是什麼圖樣的？」

常春藤。

蘇小雅翻到自己拍下的照片，是一枚與黎英英樣式類似但更簡潔的男用戒指，常春藤花樣並非鏤空，而是精工雕在光滑的金屬戒面上，最後匯集到一處，簇擁著內嵌的一小顆橄欖石。

「你知道常春藤花語嗎？」

蘇小雅茫然地抬頭看著馮艾保，他對這方面的知識不熟，知道的都是些很淺的大眾化花語，像玫瑰代表我愛你、百合代表純潔、康乃馨代表母愛，還有菊花經常出現在喪禮上之類的，再多就沒有了。

他的反應馮艾保並不意外，體貼地回答：「常春藤的常見花語是『友誼』、『結婚』、『永不分離』，另外也有『忠誠』的意思。」

蘇小雅不是個傻瓜，相反的他非常聰明而且認真努力，腦袋也很靈活，不是那種死聰明。

不需要馮艾保再說更多，他很快在腦中回憶起白塔裡年長哨兵問的那些問題，當時他還奇怪，為什麼馮艾保要特別問開場舞，甚至揪著這個問題不放。而陳雅曼似乎就是在這時候出現異狀，最後猝死了。

「你的意思是，簡正跟黎英英正在交往？他們打算離開白塔後結婚，所以才會這麼積極地存錢做投資嗎？」蘇小雅倒抽一口氣，不敢置信。「你有什麼證據？就算他們有像對戒一樣的飾品，就算他們一起跳了開場舞，就算他們都從外面買了禮服來，這也不能證明你的推論吧？萬一，事情就這麼巧呢？」

倒不是刻意找碴，蘇小雅今天受了幾次震撼教育，原本個性就謹慎的他，更加不敢輕易下判斷了。

「這就是我們要去釐清的地方，不過我有幾個證據可以佐證自己的推斷，你不妨聽聽看？」馮艾保探過身體拍了拍小嚮導的肩膀，算是稍微安撫住了蘇小雅稍嫌混亂的情緒。

「首先，你是否注意到了，黎英英跟簡正房間裡都有一扇窗，樣式並不完全相似，但窗框上的圖樣都是常春藤，甚至簡正的桌上就有一盆常春藤。」

「房間裡有窗戶不奇怪吧？」蘇小雅不由自主蹙緊眉頭，往客廳那扇大窗看去。

馮艾保當即笑出來。「小眉頭，你沒注意到白塔外觀嗎？」

白塔外觀？蘇小雅疑惑地歪著腦袋，開始從腦海裡挖掘與白塔相關的記憶。今天是他第一次近距離參觀白塔，他居住的地方跟白塔剛好是對角線，平時只遠遠看著白塔巍峨矗立的身姿，無論白天夜裡都散發著淺淺的光暈，非常顯眼。

「仔細回想，白塔外牆除了大門外，你有看到任何一扇窗戶嗎？」馮艾保循循善誘，讓蘇小雅的記憶瞬間清晰了起來。

沒有，白塔外觀是一片白牆，沒有一點瑕疵或其他的顏色，當然也沒有開窗。

「所以……他們都在自己的房間裡裝是一扇假窗子？」見馮艾保點頭，蘇小雅更不解。「為什麼？就算都有窗子又代表什麼？」

「『為什麼？』這個問題我沒辦法回答，知道的兩個人都死了。不過，我去看過陳雅曼跟倫恩的房間，他們並沒有做這種裝飾，我請金炳輝幫我拍下房間裡也有窗戶裝飾的學生臥室照片，過兩天應該就會有消息了吧。」

「這樣也行嗎？他可信嗎？」蘇小雅有些不以為然。

「我跟金炳輝雖然沒什麼交情，以前學生時代也結下過梁子，不過他是白塔的教官，在軍隊中也是頗受器重，信用跟忠誠上沒有問題。一般犯罪現場當然不適合這麼做，白塔比較特別。」馮艾保講到金炳輝的時候都會皺一下鼻子，像是還聞得到對方的哨兵費洛蒙似的。

「喔……」蘇小雅也無法判斷馮艾保說的是否為真，但想來案件的事情上不會欺騙唬弄自己才對，也就勉強接受了他的說詞。

「我們現在先假定，簡正跟黎英英是情侶，所以他們才會堅持跳開場舞，應該是為了給白塔裡的生活一個完美的結束，也代表他們很興奮終於不用再繼續隱藏戀愛的事實。」馮艾保已經喝完最後一罐啤酒，臉色透著微醺的淺紅，瞇著眼睛哼笑了聲。

「那現在的問題就在於，他們的禮服是怎麼來的？為什麼明明已經有做好的制式禮服了，還突然買了二手禮服？」蘇小雅苦惱地搔著腦袋，平常面無表情的高冷模樣完全消失殆盡。「這個案子怎麼到處都是謎題啊？也太複雜了吧？陳雅曼又是怎麼死的？總不會她是自覺害死了兩個同學，所以因為罪惡感而自殺的吧？」

這麼推測也算合情合理，畢竟陳雅曼說是聞到了黎英英衣服上的清潔劑味道，才會故意調亮了頂燈。那是一盞舞台燈，燈光是伴隨著熱度的，某程度上確實會促使藥劑加速揮發。

儘管濃度也許就增加了一點點，對普通人來說不構成即時威脅，然而對敏感的哨兵來說，傷害都會更嚴重一些。只是她大概也沒想到，衣服上還有防腐劑的成分，混合在一起成為了致命的毒素，把兩個前途無量的哨兵給毒死了。

「所以，陳雅曼是因為知道他們兩人在交往，基於忌妒或者厭惡，才下的手？」蘇小雅又提出假設，但不等馮艾保回應便推翻自己的想法。「若真是如此，她又幹嘛要自殺？再說了，嚴格說起來簡正跟黎英英的死算意外吧？誰都不知道禮服上竟然有防腐劑的成分啊！」

哨兵悠哉地坐在沙發上，翹著腳膝蓋上放了一盤杏桃乾，左挑右選地拿了一塊放嘴邊咬掉三分之一，慢條斯理地咀嚼，雙眸帶笑看著在自己面前團團轉，不斷提出假設又推翻假設，忙得不亦樂乎的小嚮導。

眼看蘇小雅腦內風暴到精神力都躁動起來，那隻叫做紺的俄羅斯藍貓精神體猛地跳出來，甩著長尾巴對本體喵喵叫著不停。

馮艾保把杏桃乾拿走，空出了自己的膝蓋，對紺招招手，拍了拍膝蓋上的空間，打算幹什麼不言而喻。

藍貓看了他一眼，並沒有在第一時間撲上去，反而驕矜地揚起毛茸茸的臉龐，用異色鴛鴦眼睥睥了哨兵一眼，壓下前腳舒展身軀。

哨兵也不急，他笑咪咪地看著藍貓走伸展台似在自己家寬敞的客廳裡這裡蹭蹭、那裡走走，小眼神卻從來沒離開過馮艾保身上，不錯眼地觀察這沒誠意的傢伙到底什麼時候才知道端正態度。

「你不要顧著跟紺眉來眼去！你倒是把自己的想法說清楚啊！」蘇小雅唱獨角戲唱到口乾舌燥，回頭一看發現自己的精神體竟然在勾引馮艾保這個似醉未醉的臭傢伙，心中的火氣蹭一下竄上來。

同時竄起來的還有那隻俄羅斯藍貓，像藍色天鵝絨閃電般，刷地跳上馮艾保的膝蓋，心安理得地盤起身軀，用尾巴去勾男人的手臂。

天底下還有這種自己送上門給人擼的貓嗎？這還是個精神體而已呢！蘇小雅可不覺得自己會幹出這種丟臉的事情來！

既然擼到貓了，馮艾保還是很有職業道德，在蘇小雅爆炸前開口。「現在我們有幾個問題要找到答案。第一，禮服是怎麼來的？如果是來自二手衣商店，那是誰買了這些衣服送給他們？又為什麼會選擇這間商店？」

「你這樣明明有三個問題，還第一咧……」蘇小雅有氣沒處發作，癟著嘴氣呼呼地挑剔。

馮艾保寬容地對小嚮導笑了笑。

「第二，簡正和黎英英正在交往的事情，有沒有被其他人知道？又跟他們的死亡有沒有關係？」他撫摸著紺柔軟的皮毛繼續說：「第三，陳雅曼是不是殺害簡正跟黎英英的凶手？如果是，她為什麼要自殺？如果不是，那為什麼她會死？」

這次倒是很明確地把案件裡的疑點都理清楚了，姑且不論其他小疑點，比如為什麼馮艾保這麼篤定簡正跟黎英英在交往，之前給出的證據蘇小雅都覺得不夠充足。

「你還有什麼要補充嗎？」馮艾保笑咪咪問。

蘇小雅瞪了他一眼沒說話，低頭翻著自己拍下的證物照片，翻著翻著一本日記映入眼簾，他的手指猛然停住。

日記……白塔裡的哨兵都有寫日記的習慣……瞬間好幾個疑問的關竅都一口氣打通了。

蘇小雅瞪大眼，輕輕抽口氣，接著髮指地抬頭看向悠哉擼貓的馮艾保，人生第一次氣到大吼：「你耍我！你看過日記了！所以你才篤定兩個人在交往，而且你剛剛說了，那兩件禮服是有人『買來送給他們』的！紺！咬他！」

紺的讀音與幹相同，就這麼恰到好處地契合上了蘇小雅的心情。

然而擁有紺這個名字的小貓咪，舔著自己的前爪，趴在敵人的大腿上，連正眼都沒看本體一眼。

「幹！」蘇小雅終於爆了粗口，逗得成年哨兵笑不可抑。

☼ ☼ ☼

依照馮艾保的說法，黎英英在日記裡寫了不少東西，簡正則相對紀錄得比較簡潔，人如其名。

雖說到了這個時代，哨兵與嚮導高度融入普通社會，但依然有很多約定俗成的潛規則暗自運行著。

比如婚姻這件事。

婚姻原本就是人類社會中各方勢力與意識形態博弈的主賽場，以人為最小單位的社會，婚姻家庭就是最基礎的組織，不管是什麼形式的婚姻，或是建立什麼形式的家庭，對整體社會的風俗面貌、文化進展都是有強烈影響的。

就好比現今已經很少見的母系社會，一般母系社會中重要的男性長輩角色不會是父親，而會是母親的兄弟，即便有婚嫁關係，男性伴侶在家族中的地位往往是可以被輕易取代的，家族財產也只會在女性之間繼承，甚至有將家族內子嗣由所有女性家屬共同撫養的習慣存在。

很多時候，父親的這個角色更像是個血緣的加註號，提醒那些人是自己有血緣關係的兄弟姊妹，將來避免與對方誕生下一代。

所以無論社會多麼進步，婚姻總是依然存在許多爭論跟角力。

如今，社會上已經普遍認可無論何種性別、何種膚色都可以共組家庭，締結婚姻關係，甚至近幾年來也鬆動了哨兵嚮導與普通人的婚姻壁壘，雖然難免受到一些流言蜚語，但整體排斥性並不算特別強烈。

然而，這個情況要是放在雙哨兵或雙嚮導的場域下，立刻就會激起某些群體的應激反應，個別極端分子甚至於幹過傷害乃至殺害雙哨兵或雙嚮導伴侶的事情來。

這也就說明了，為什麼黎英英與簡正兩人儘管相愛多時，卻小心翼翼保守著祕密，甚至推拒了軍方遞出的橄欖枝。

儘管明面上軍方也遵守憲法中對婚姻平等平權的保護，但現實上在集中了哨兵與嚮導的環境中，很難避免這種極端分子的出現。只要沒有刻意傷害同僚，嘴巴上講些難聽話，偶爾找點麻煩，都是被默許的。

從兩個死者生前的種種舉動判斷，這兩人是認真打算攜手相伴一輩子的，所以才會從畢業前就開始準備將來成家立業的資金，並且緊閉口風到幾乎沒有人知道這件事……沒錯，不是完全沒有人知道，而是「幾乎沒有」。

這唯一的知情者，就是陳雅曼。

與陳雅曼自己敘述的不同，她和黎英英何止是泛泛之交，她們早在進入白塔之前就已經熟識。兩人是最親密的朋友，童年時期就是鄰居，從幼稚園到國小都是同班同學，黎英英因為天賦特別高，哨兵的特徵也出現得特別早，未滿十歲就進入白塔，陳雅曼晚了她兩年。

但這兩年的分別並沒有讓她們變得疏遠，甚至還加深了她們之間的情誼。要說她們兩人間少數的差異，大概就是陳雅曼的家庭很美滿，儘管也是從未出現過哨兵嚮導的家庭，卻對自己的女兒是個哨兵的事實接受良好，不但經常來探望陳雅曼，也會順道關心黎英英。

黎英英在日記中多次用「姐姐」稱呼陳雅曼，甚至提到過將來希望可以在離陳家最近的地方買個獨棟小房子，這樣才能經常去拜訪姐姐，更多次期許自己將來必須為陳家做點什麼，感謝他們給自己的善意及溫暖。

簡正是在四年前與黎英英開始交往的，那時候黎英英意外被提拔為學生聯會的女學生主席，簡正和她一樣是學生聯會新人，也因為能力天賦特別出眾，雖未被破格提拔為男學生主席，卻也當上了副主席。

因為接觸得多了，一對少男少女不知不覺被對方吸引。

黎英英在日記裡詳細紀錄了他們交往的過程，以及這對小情侶對未來的期盼。兩人都沒有了家人，有些人會因此對家庭失去信心，也不會特意去組建自己的家庭。但黎英英和簡正不一樣，他們雖然全然不懷念自己的家人，但對組成屬於自己的家卻抱有強烈的渴望。

她和簡正談了三年的地下戀情，為了不被人察覺異樣，平時兩人刻意疏遠，都是趁著夜裡各自回寢的自由時間，偷偷在黎英英的單人房中幽會。

第四年也是他們在白塔的最後一年，黎英英終於還是忍不住向陳雅曼吐露了這段感情。

從黎英英日記的敘述來看，陳雅曼接受得很自然，她本來就不是個思想激進的人，雖然說不太支持雙哨兵或雙嚮導的戀情，但也不會特別出聲反對，對她來說那就是別人家的事情。只不過，牽扯上黎英英後，陳雅曼稍稍吃了一驚，但第二天就已經全盤接受了。

有了陳雅曼這個知情人的掩護，黎英英和簡正也開始大著膽子嘗試在臥室外有些親密的舉動。儘管在白塔裡，他們敏銳的五感會被壓制，與平常人沒有什麼太大的差別，但如果刻意要去感知的話，還是能發揮四五成的能力的。

拜此之賜，兩人的舉動也越發大膽起來，最後甚至決定在畢業舞會上跳開場舞。就如馮艾保所說那樣，當作這四年來甜蜜戀情的總結，並對未來的生活充滿期待。

禮服是陳雅曼送給黎英英的。

但陳雅曼只送給黎英英，她沒有糊塗到買衣服送給好姐妹的男朋友，再說她與簡正並沒有那麼好的交情，主要都是看在黎英英的面子上而已。

至於簡正的禮服，則是黎英英在收到禮服後，特別溜出白塔去購買來送給男朋友的，為了在舞會上更加匹配。

至於開場舞這件事，陳雅曼其實事前就知情了，身為好姐妹，黎英英怎麼可能不事先告知？她還需要陳雅曼支持自己，甚至連舞台燈都是陳雅曼買來後交給簡正保管的。

至於陳雅曼心裡到底認不認同這個活動，黎英英這邊的說法是，陳雅曼一開始不樂意，她覺得這屆的低階哨兵偏多，選的音樂中已經有幾首比較刺激的曲子了，實在沒必要特別搞舞池讓大家跳舞，恐怕大家也沒什麼興趣。

但後來，在黎英英的哀求下，陳雅曼還是點頭同意了，並且幫忙說服其他成員。所以，舞池跟開場舞並非當天才決定的，是前一晚大家都商量好了，只是來不及準備太多東西而已。

「這麼說來，倫恩也沒有說實話啊？」蘇小雅舉起手插話。真是乖巧得讓馮艾保心癢癢，擼貓擼得更快樂了。

「小眉頭加一分。」

蘇小雅白了馮艾保一眼，但眼神裡藏不住小小的得意之情，一旁的何思則用一種「我家孩子被壞叔叔拐了！我該怎麼辦？」的眼神分別看了看兩人。

幾人目前身處於中央警察署重案組辦公室，他們剛從法醫那邊回來，拿到了陳雅曼的驗屍報告。

陳雅曼死於歐夾竹桃甙，不像簡正與黎英英是死於化學藥物揮發的毒氣所造成的強烈過敏導致的休克。

歐夾竹桃甙主要存在於夾竹桃這種觀賞用植物中，這種植物雖然漂亮，但整株都是有毒的，毒性還非常強烈，樹汁中毒性尤甚。歐夾竹桃甙是強心甙的一種，正常人接觸夾竹桃後大量的歐夾竹桃甙會讓心肌耗氧量增加，最終中毒死亡。

當然，一般人也不太會把夾竹桃的汁液或花瓣葉子之類的東西吃下肚，雖然在白塔附近的富人區中，就有三五戶人家有在院子裡種植夾竹桃，但從陳雅曼的行蹤紀錄來看，她並沒有出過白塔，自然也不具備從他人庭院中獲取夾竹桃任何一部分的機會。

此外，陳雅曼身體裡也驗出了恢復精神力的藥物成分，從殘留量來看，大概是在馮艾保他們幾人到達白塔之前剛服用的。

由此推斷，陳雅曼自殺的可能性不是太高，更可能是被人投毒了。

至於是誰下的手……何思與蘇小雅同時看向馮艾保，這個哨兵剛才就一副「我有祕密但我不想跟你們分享」的壞心眼淺笑，尤其在蘇小雅提到倫恩說謊的時候，雙眼簡直像有星星在發光，何思看了都胃痛。

「我建議你，不要再故意隱藏情報了，你知道我能揍到你那隻黃金鼠再也不敢跑出來閒逛。」何思沒好氣地警告。

馮艾保聞言一攤手。「你誤會我了，這種重要的情報我不會隱而不說，我只是還不確定，也為了順便訓練小眉頭嘛。」

可以說是非常耍賴了，偏偏何思拿他沒轍。

確實，馮艾保不是個會不分場合胡來的人，他不願意拿出來說的情報，代表還需要驗證，不想輕易下判斷，搭檔十年來何思也清楚他這種做事習慣。

「你需要什麼？」但知道是一回事，何思還是覺得很鬱悶。

「這麼說吧，我想先確定幾件事情。第一，二手服飾店是陳雅曼告訴黎英英的，我想查一下那間店的店主是誰，社會關係網的架構為何。第二，歐夾竹桃甙的味道具體是什麼樣的。汪法醫說這玩意兒光氣味都有一定的毒性，看來得去研究室找答案了。最後，我要排查倫恩・切斯特的社會關係網跟他近半年來的行蹤紀錄、郵件紀錄以及對外所有的通聯紀錄，不過這些東西要等我確定了歐夾竹桃甙的味道後才能申請搜查。」

馮艾保一口氣說完，兩個嚮導聽得一愣一愣。

「你在倫恩房間裡聞到了什麼味道？」何思畢竟比蘇小雅經驗豐富，很快回過味來。

「我不確定，所以我才想驗證自己的猜測對不對。」馮艾保聳聳肩，把腿上的紺抱起來，在貓咪抗議的喵嗚聲中，不要臉得把高挺的鼻子整個埋進貓咪柔軟的肚子皮毛中，深深吸了一口，簡直就是個癡漢。

「馮艾保！紺不是真正的貓！他是我的精神體！」蘇小雅再次被氣得抓狂，差點想撲上去揍哨兵幾拳。「立刻把紺還給我！」

還貓是不可能的，想都不要想。

再說了，就算馮艾保想還，紺自己也不願意啊！只要有眼睛的人都能看出來，紺多喜歡趴在馮艾保的大腿上，瞇著眼呼嚕嚕，一臉舒服到極樂的表情，甚至時不時拱拱背，催促馮艾保別停下擼自己的手。

蘇小雅一輩子沒這麼丟人過！他狠狠地瞪著自己的精神體，想著是不是應該強行將牠抓回來。

「據說，最早的時候，哨兵嚮導與精神體之間的感覺是百分百統一的。」馮艾保手法高超地撫摸紺的背，隨口閒聊。

「你想說什麼？」蘇小雅改瞪著馮艾保，眼睛隨著男人的手飄移，所幸馮艾保還守著一點底線，手掌撫摸的範圍控制在背脊處，除了先前不知道腦神經哪邊出問題吸了紺的肚子一口，都沒太過分。

「沒什麼。」馮艾保挑眉，剛剛還很規矩的手，直接滑往紺的屁股，一口氣擼到尾巴尖，把紺擼得喵喵叫，像吸了貓薄荷，蘇小雅也控制不住抖了抖，臉頰瞬間爆紅。

「馮艾保！」他氣急敗壞地低吼，整個背都麻癢麻癢的，尾巴真的太敏感了！

「別氣別氣，不然我家老鼠也借你摸？」馮艾保一臉「拿你真沒有辦法啊！」的寵溺表情，下一秒溫暖如熱水袋的觸感就沉甸甸地壓在蘇小雅掌心。

他嚇了一跳，連忙低頭去看，就見馮艾保的黃金鼠乖得要命，窩在蘇小雅手中，正在洗自己的臉。

啊，可愛死了！蘇小雅感受到內心的暴擊，下意識就將手虛虛地握起來，感受黃金鼠的圓潤毛茸茸觸感。

那頭，紺發出威嚇的哈氣聲，但也許是捨不得離開哨兵的服侍，意思意思揮了揮前爪，倒是沒暴衝攻擊過來。

何思一言難盡地看著兩人手上的精神體，張嘴想說什麼，但又實在不知道自己能說什麼，最後訕訕地閉上嘴。

電話在這時候響起來，簡直堪比久旱逢甘霖，何思連忙接起電話：「喂，重案組，我是何思。」

電話是鑑識課的實驗室打來的，通知馮艾保過去，說夾竹桃的樹汁氣味已經準備好了，叫人趕快過去，不要浪費大家時間。

可以說非常不客氣，何思倒是可以理解。實在是馮艾保這人花樣很多，你永遠不知道他的腦袋瓜裡在想些什麼，但就是有辦法得到自己想要的幫助，次數多了就很不討喜。

掛上電話，何思還沒開口，但顯然一個話筒擋不住哨兵逆天的聽力，他低低笑著，抱著貓從椅子上起身。「兵分兩路？還是先一起去實驗室？」

這是問何思要不要先去二手服飾店看看狀況，他們已經從陳雅曼的日記中得知賣出禮服的服飾店店名，叫做桑格斯的古著鋪，就開在西荊區的商業街巷弄裡，至今有一百二十年的歷史了。

目前的店主名叫安德魯・桑格斯，是個B級哨兵，曾經在軍隊裡服役，但十年前不名譽退役，原因未明。他們中央警察署沒有權限查軍方資料，真要調查得遞申請表，目前暫時不需要這麼麻煩。

何思是S級嚮導，體能方面雖然連低階哨兵都比不上，但光精神力就可以把A級以下的哨兵直接放倒，要昏迷能昏迷，直接失智都辦得到，所以馮艾保並不擔心讓他單獨面對安德魯。

就算安德魯想暴起傷人，恐怕都接近不了何思。

「我去店裡把人帶來，你帶小雅去鑑識課見識見識吧。」何思也全然不把安德魯・桑格斯放眼裡，他的職業生涯裡，只要不涉及與高階哨兵肉搏，哪個嫌犯都手到擒來。

「不用我去幫忙嗎？」蘇小雅有點不甘心地問，他掌心的黃金鼠呼嚕嚕地攤成鼠餅，搞得他有些分心，也就沒聽出來何思的言外之意。

何思無奈地看著他以及他掌心，把自己當一隻真黃金鼠正在嗑瓜子的老鼠，拒絕道：「我沒問題，你不用在意。」

說白了，何思怕蘇小雅在一旁會礙手礙腳，小嚮導還沒學會怎麼跟哨兵搏鬥，他一個人沒辦法分心照顧蘇小雅。

這回蘇小雅接收到何思的意思了，他倒沒覺得自尊心受損或羞恥，確實在實戰上完全幫不上忙之外，還可能成為敵人的突破口，有馮艾保壓陣的話還好，不怕他在一旁觀摩，但何思獨自一人時，他還是別去添麻煩。

但年輕人總有股不服輸的勁兒，雖然只是實習生，也不確定將來到底進不進入警界，但蘇小雅已經決定了，明天要開始鍛鍊自己精神力的戰鬥力，學習怎麼跟哨兵搏鬥。

既然分派好任務，馮艾保總算放開了紺，俄羅斯藍貓輕巧落地，但依然跟在哨兵腿邊用身體跟尾巴勾勾纏纏，黏人得何思都沒眼看，覺得自己快瞎了。

所以年長嚮導立刻拿了車鑰匙，道別都沒說一句就跑了，留下馮艾保跟蘇小雅大眼對小眼。

「一起？」馮艾保很紳士地比了個邀請的手勢。

「喔。」蘇小雅掙扎著是否要把黃金鼠也放地上，但想到紺遇上馮艾保的黃金鼠那股凶殘勁兒，最後還是放棄，心安理得把小東西握在手裡摸。「你的精神體叫什麼名字？」

「老鼠。」馮艾保答得理所當然，還不忘問一句。「我剛不就說過了嗎？『我家老鼠』。」

蘇小雅眼白翻到幾乎抽筋。「我以為你是在說老鼠，一個白描法，而不是牠的名字……」接著他發現，馮艾保真的很討厭！把黃金鼠取名老鼠，導致他想解釋自己的想法都解釋不清楚！這人好煩！

馮艾保低聲笑個不停，按開了電梯。「鑑識課實驗室在地下室。」

「喔。」蘇小雅扁著嘴悶哼，忿忿地抓起老鼠一條肥爪子，看似很凶其實小心翼翼地搓了兩把。黃金鼠用無辜的黑豆豆眼，歪著腦袋凝視嚮導，簡直就犯規到十八層地獄去了！

一不小心，蘇小雅就搓了老鼠前爪一路，直到進了實驗室才不得已鬆開手鎮定下來，收回了自己的紺，而馮艾保也將老鼠收回去。

實驗室裡除了幾個研究員外，還有一個眼熟的人也在，是白塔的教官，與馮艾保有過節的老同學，金炳輝教官。

金教官一身筆挺的軍常服，襯衫上的折線顯眼得宛如刀刻，猶如山巒般矗立，把整個人襯托得嚴肅又威嚴。因為天氣的關係，夏季布料較薄，隱約可見襯衫包裹下的肌肉，模糊的輪廓難以言喻地吸引人。

本國的軍服在國際上向來討論度極高，無論作戰服、禮服或常服，都令人浮想聯翩，情趣商店裡稍加改良過的軍服，總是賣得非常好，消費者遍布國內外。

雖然金教官上次在白塔也是穿著軍服，不過那天蘇小雅滿腦子都在思考案件，反倒沒怎麼注意他的模樣。過去蘇小雅不太懂喜歡制服的人是什麼心態，但今天看了金教官一身行頭，確實能感受到些許魅力。

金教官身邊站著個有些年紀的哨兵，雙鬢已經斑白，表情冷淡，一雙鈷藍色的眼瞳宛若玻璃製品，看得人心頭發涼。

那位老哨兵看了眼蘇小雅，很快就別開視線，似乎知道自己會嚇到年紀尚小的嚮導。

「金炳輝你是認識的，我就不介紹了。」馮艾保懶懶地往空著的實驗台邊上坐，兩條長腿輕鬆地交叉著，對老哨兵努努嘴。「那位是白塔的第一管理者，羅素中將。你以後應該沒機會再看到他，趕快多看幾眼。」

即便面對比自己高階且地位也高的哨兵，馮艾保還是那副吊兒郎當的模樣，絲毫沒有收斂的意思。

「馮艾保！」金炳輝看不下去了，低聲警告，而話題中心的羅素中將卻置若罔聞般，一雙藍眼直勾勾看著正前方，也不知道在看些什麼。

「欸。」馮艾保擺擺手，饒有興味道：「如果你硬要跟我吵，我是不介意啦！但是，實驗室的人可能會生氣喔！不然，你幫我問問他們的意思？」

實驗室負責人是個中年女嚮導，她對馮艾保哼了聲，冷著聲音道：「我希望你們這些哨兵趕快滾，不要浪費時間在這邊吵架，老娘很忙，沒時間奉陪！如果打壞東西，照原價二十倍賠償。」

接著她一揚下巴，身邊的助手立刻把手中的資料夾分給三個哨兵，連蘇小雅都拿到一份。

那是一份價目表，對照圖片看來，全部是實驗室裡的器材。可見以前哨兵在實驗室打起來的事情肯定不止一兩次了，也難怪研究員的表情這麼臭。

金炳輝當場就僵硬地轉開視線，假裝馮艾保這人不存在。

羅素中將依然是沒什麼表情，隨手把資料夾往旁邊放，開口道：「我也很忙，現在就開始吧。」

進入正題，馮艾保也就收斂起來，儘管還是站得歪歪斜斜，但總算有點振作起來的樣子了。

見幾個人都乖了，負責人很滿意。她點點頭，示意助手拿出一台機器，看起來像個口鼻罩，遞給馮艾保。「先確定一下你的嗅覺敏銳度。」

「還要確定嗎？我前幾個月才做了健康檢查，資料都可以查到呀！」馮艾保忍不住抱怨，不太樂意地接過口鼻罩。

「那是醫院的檢測，不是實驗室的檢測。我要詳細數據，給我套上去。」負責人冷酷地命令。

馮艾保再皮也沒辦法違抗負責人，只得戴起口鼻罩，任由實驗室檢測自己的嗅覺靈敏度。

幾個項目過後，馮艾保終於被指示可以拆下口鼻罩，立刻甩掉這折磨人的東西，連連深呼吸了好幾口氣又咳了好一陣子，眼眶都泛淚了。

一旁的金教官幸災樂禍，又參雜些許同情地看著他，最後還是低下頭用手掩住嘴角，應該是忍不住偷笑。

「好，詳細數值出來了……」負責人看著機器輸出的數據點點頭，難掩訝異地看著馮艾保。「你的數值很異常啊……哪天來實驗室做個詳細檢查？」

「有空再說，現在不是大家都很忙嗎？」馮艾保還沒緩過來，接過助手遞上來的藥物正在清理鼻腔，整個人都奄奄一息的模樣。

也不知道剛剛具體做了些什麼檢測，能把馮艾保弄得像去了半條命似的。

「你們稍等一下，我會用你的數據去調整電子鼻的靈敏度，再用它去確定你聞到的氣味濃度。」負責人解釋，接著看向其餘兩個哨兵。「你們算是見證人，等一下濃度確認後，馮艾保先確認自己聞到的氣味正不正確，再換你們兩位去確定是否準確無誤，這套流程都有指導書，確認簽名過了吧？」

羅素中將與金教官都點頭。

見蘇小雅一臉茫然，負責人笑著問：「你是實習嚮導嗎？第一次看到哨兵的檢測實驗？」

「是的……請問，現在是……」突然被點名的蘇小雅早就滿肚子疑問了，反而一時不知道問什麼好。

「我簡單解釋給你聽，高階哨兵，也就是A＋級以上的哨兵，嗅覺敏銳度與最精密的電子鼻相當，可以捕捉到許多氣味。電子鼻雖然也有同樣的作用，但缺點是電子鼻不方便攜帶，只能在實驗使裡使用。因此，如果一個犯罪現場、火場或者其他地方，有特殊的細微氣味，可以派高階哨兵去捕抓。不過呢，哨兵再厲害也是人，只憑藉一個人的判斷，難免不夠精準。因此，規定要由三位A＋級以上哨兵，針對同一個現場的氣味進行補抓與判斷，其中要有兩人的判斷相同，才能算是合法有效的證據。」負責人一口氣解釋完，那頭機器發出滴滴聲，代表電子鼻的數據也出爐了。

這個解釋非常籠統，看似什麼都說明了，實際上還是很模糊。可現在時間不對，蘇小雅只能先把問題吞下肚子，見馮艾保走上前，拿起研究員遞過來的密封容器，在指示下插入一根細管，透過管子嗅聞裡頭的氣味。

「是，我聞到的就是這個味道。」馮艾保沒多聞，立刻離開轉頭對金教官道：「你也來聞聞看吧，老同學。」

金教官皺著眉似乎很不愛聽到馮艾保這樣戲謔地稱呼自己，但礙於地方不對，實驗室裡的任何一樣器材毀損了，他都沒能力在有生之年償還完畢，也只能摸著鼻子忍耐，走上前拿過馮艾保遞過來的密封容器。

他湊到管子邊擰著眉頭聞了接近十分鐘，那一是種正在分辨自己到底聞到沒有的茫然夾雜些許焦躁的狀態，最後隱約帶著不甘心，恭恭敬敬把密封容器遞給羅素中將。

羅素中將面無表情接過東西，湊上前嗅了嗅氣味，花費的時間與馮艾保差不多，很快將容器遞回給研究員，轉身對馮艾保點點頭。

「我確實在倫恩・切斯特的臥室中聞到這個味道，不過濃度更淡，應該是時間關係。」羅素中將開口，他的聲音很低沉，講起話來慢吞吞的，一個字一個字咬得非常清楚仔細，彷彿他嘴裡說出來的不是單純的對話，而是一顆一顆子彈，準確地射向目標。

「我沒聞到。」金炳輝再次向研究員討來了密封容器，深深地又嗅聞了一次，肯定道：「我確實沒聞到，無論是在倫恩・切斯特的臥室，或者現在。」

「倫恩・切斯特是高階哨兵對吧？具體是幾級？」負責人詢問。

「從最後一次體檢的數值來看，他是A＋級哨兵，將來非常有機會成長成A＋＋級，跟我的等級差不多。」金炳輝回答，同時揚起手腕上的微型電腦道：「我把他的資料傳給你？」

負責人點點頭，拿出個傳輸接頭遞給金炳輝，讓他到一邊去傳輸資料。

「實驗證明，馮艾保在倫恩・切斯特臥室裡聞到的氣味，就是歐夾竹桃甙揮發出的味道了，你跟羅素都過來證物單上簽名。」負責人招呼道，見兩個哨兵乖乖上前簽名，忍不住抱怨了兩句。「馮艾保，你可不可以少給我們增加一點麻煩？這都第幾次為了你的事情加班了？」

「這不是我能控制的呀！我也不想這樣的。」哨兵扁扁嘴為自己辯白。「應該要叫那些壞傢伙，不要老想著用自己的生理優勢犯罪才對。」

話是這麼說沒錯，負責人心裡也知道，但她就是想埋怨馮艾保幾句，每次都仗著手上的案子層級高，老是增加他們的工作量，倒不是說認真工作不好，能在鑑識課做到實驗室負責人，本身也是很有正義感跟責任心的，但馮艾保總能從很刁鑽的角度找到證據，然後他們為了驗證證據的可靠性，就得加班。

次數多了，難免心裡不高興。

不過抱怨歸抱怨，再有下次實驗室還是會配合的，所以負責人連瞪馮艾保都懶，見金炳輝傳輸好資料，擺擺手把幾個人趕走。

幾人出了實驗室，一起等電梯的時候，羅素中將突然開口：「你媽叫你回去吃飯。」

在場的人中，只有蘇小雅愣了愣，茫然地看向羅素中將，不知道他具體是在和誰說話。

金炳輝像沒聽到一樣，專注地看著電梯的樓層指示燈，很不巧幾台電梯都在高樓層，到達地下室還要一段時間。

馮艾保則還是那副懶散的樣子，半瞇著眼睛倚靠在牆上，像聽見也像沒聽見，你說他正在打瞌睡都可以。

「你多久沒回去了，保保。」羅素中將是個見識過大風大浪的人，渾然沒把馮艾保的消極面對放在眼裡，該說什麼還說什麼，對付死小孩的手段非常高明。

蘇小雅沒控制住，噗嗤笑出來，就連金炳輝也側過頭隱藏笑意，當事人馮艾保無奈地撐開眼皮，看了眼對著自己笑得雙肩抖動，冷淡的眉眼彎彎的蘇小雅，總算把身體站直了。

「舅舅，別叫我小名。」馮艾保摸摸鼻子，討饒地對羅素中將雙手合十。

「你媽說，你一年半沒回去了。」羅素中將顯然也是個間歇性失聰的高手，對馮艾保的示弱充耳不聞，完全表現出一個高等級高地位的哨兵該有的威嚴。

「我媽這話講得不太公平吧？她跟我爸到國外出差了一年四個月，這才回來兩個月不到。」

「他們離開前你回去過嗎？」羅素中將可沒輕易放過他。

「我有打算去送機，只是剛好接到報案，最後沒能送成，只給了他們一通電話告別。」馮艾保的回答很是狡猾。

羅素中將鈷藍的眼睛轉到他臉上，牢牢地盯著人看，馮艾保半點沒受到影響，依然不變的嘻皮笑臉，可一旁的蘇小雅有點抵擋不住，高階年長哨兵的氣勢太強悍，他一個剛成年的嚮導著實承受不了，不禁後悔沒事幹嘛站在馮艾保旁邊。

查覺到了蘇小雅的不適，羅素中將將目光轉回電梯面板上。

「總之，這週末，你媽叫你回去吃飯。」這句話是命令不是告知，即便蘇小雅收束好自己的精神力觸手，依然感受到哨兵銳意十足，彷彿磨利刀具般刺人的威壓，不由得連退幾步躲開來。

一旁的金教官顯然也不好受，跟著往蘇小雅撤退的方向躲。

「這週末不行，我搭檔約我吃飯了。他要介紹自己的結婚對象給我認識，這可是我唯一見見他負距離連結對象的機會了。」即使馮艾保用一種「唉呀！真不巧，不是我不願意回去，而是我也沒辦法啊！」的不得已表情婉拒，但因為語氣太浮誇，本來就不會被他唬弄的羅素中將，更是沒當一回事。

「你自己打電話去跟你媽說。」雖然不至於勒令馮艾保更改與人先約好的時間，但言外之意就是要他打電話回去問候父母。

「何必這樣互相傷害呢……」馮艾保誇張地嘆口氣，摸出手機嗶嗶嗶操作了一番後，對羅素中將聳肩。「我幾個月前換了手機，好像忘記把爸媽的手機號碼保存過來，不然等我見到何思再問問他吧？」

「何思？你的搭檔？」羅素中將問。

「對，你不是也見過他了嗎？別說你沒去看白塔裡的監視器錄影。」馮艾保將手機塞回口袋裡，對金教官努努嘴。「金炳輝這個乖寶寶肯定跟你匯報過何思的事情了，你也跟媽說了。怎麼？突然找我吃飯，是想問何思跟我之間有沒有進展嗎？」

馮艾保的腦子向來動得很快，這突如其來的邀約所欲為何，這下子他已經全部摸透了。

不管在什麼時代，不管你是哨兵嚮導還是普通人，你爸媽永遠擔心你一個人活不下去，老想著要你結婚或起碼跟誰結合一下。

只不過對於他父母，何思恐怕避之唯恐不及，先不說他們兩人沒什麼好說的低匹配度，就算匹配度夠高，何思大概寧可在路上隨便抓個哨兵結合，也不願意跟馮家父母有更多的牽扯。

這麼一想，他這婚結得也算正巧。

羅素中將沒有被識破的尷尬，他的站姿依然挺直得像一棵上百年的老雪松，沒有任何東西能壓彎他的枝椏，讓他顯現出一丁點狼狽。

「你跟他搭檔十年了吧？」羅素中將的話剛問完，電梯也到達了，叮一聲打開門，白熾燈光流洩出來，慘白而且冰冷。

「兩位慢走，我突然想起來有幾件事要跟實驗室問清楚，就先不送了。」馮艾保的藉口很粗糙，但反正他的原意也不是用藉口唬弄誰，主要是送客。

金教官倒是很想離開，但羅素中將不動，他也不好先行上電梯，只能不尷不尬地站在一旁，假裝自己不存在。

蘇小雅雖然意識到他們討論起了自己哥哥的丈夫有些不對勁，但這件事他算局外人，最好也別開口省得惹禍上身，便也低下頭把玩自己的手。

「請。」馮艾保沒再客氣，半彎腰對電梯比個了邀請的手勢，臉上的笑容像張面具似的。

羅素中將深深看了他一眼，發出一聲冷笑。「保保，你別忘了自己畢竟是個高階哨兵，想一輩子不找嚮導結合是不現實的。想想你萬一陷入狂化會造成什麼嚴重的後果。」

「如果您別再繼續叫我保保，我可以保證這個嚴重的後果起碼還要等五十年，而不是在五十秒後發生。」一個好的哨兵從不畏懼另外一個哨兵的威嚇，馮艾保平日裡看起來散漫得要命，卻也一步沒有退讓。

「記得打電話給你母親。」羅素中將沒再繼續咄咄逼人，他走進電梯，用眼神示意金教官跟上。

哨兵刻在基因上的服從，讓金教官即使沒那麼樂意跟現在的羅素中將靠近，也不得不拖著沉重的步伐跟上。

電梯門緩緩闔上，馮艾保笑咪咪地揮手跟兩人道別。

「怎麼回事啊？」直到電梯上到一樓，蘇小雅才靠上來問。

「沒什麼，家庭內部矛盾。」馮艾保聳聳肩，彷彿剛剛那場無聲的硝煙已經被他完全拋到腦後了。「就跟你在電視上看到的愛情劇一樣，位高權重的哨兵家庭裡出了一隻黑羊，家人都希望他趕快跟高階嚮導結合，但這隻黑羊不想順從家裡長輩，他相信就算不與人結合，自己也能幸福快樂地開創人生，含笑走向璀璨前程。」

「喔，我不清楚什麼愛情劇。」蘇小雅沒忍住挖苦。「沒想到你還會看這種劇，還真是個寶藏哨兵呢。」

「配飯滿好看的啊。」馮艾保扭頭對蘇小雅揚揚眉。「你要不要聽我最近看的那部劇？情節之跌宕起伏、狗血狂撒，重要的是，還很香豔刺激。主角哨兵與嚮導用了三十集的時間，終於結束了他們這場被攪得雞犬不寧的婚宴。」

「不用，謝謝。」蘇小雅冷酷地拒絕了。

馮艾保聳聳肩，也沒追著不放，伸手又按下電梯。「雖然結尾不夠完美，不過起碼已經證明我在倫恩・切斯特臥室裡聞到的味道是什麼了。接下來，就能申請檢查他所有的通訊紀錄及行蹤軌跡。」

話題跳得猝不及防，蘇小雅愣了兩秒後很快跟上馮艾保的思緒。「也就是說，陳雅曼應該就是倫恩毒殺的囉？」

「只要能證實他有機會拿到夾竹桃，他的嫌疑就是最重的。」

「可是……他為什麼要毒殺陳雅曼？又怎麼會留下這麼大的破綻被你發現？」蘇小雅歪著頭想不透。

電梯來了，兩人一起走進去。

「第一個問題我暫時無法回答你，第二個問題倒是可以推測個大概。白塔會壓抑哨兵的體質，讓我們待在白塔中時，五感呈現一種假性類似普通人的狀態，除非刻意去感知，否則太過細微的氣味、聲音等等，是察覺不到的。唯一的例外，是大禮堂。」

「所以，明明黎英英的五感靈敏度高於陳雅曼，但卻沒有聞到藥物的氣味，反而陳雅曼聞到了？因為她刻意去聞？而大禮堂中，因為五感的壓抑解放，導致黎英英跟簡正突然被藥物刺激到，最終嚴重過敏而死亡？」蘇小雅腦子一轉，總算把這一切都搞清楚了，臉上忍不住露出淺笑。

「小眉頭加十分。」馮艾保毫不吝嗇地給予讚美。「至於倫恩的狀況應該是這樣的，他提煉了歐夾竹桃甙毒素，最簡單的方法就是收集樹汁，也許加上水便於使用來浸泡精神力恢復藥丸，藉此毒死了陳雅曼。他一定有想辦法散去屋子裡的氣味，直到他確認自己再也聞不到任何味道為止。但，他聞不到不代表我這樣等級的哨兵聞不到。陳雅曼死亡後，我去她以及倫恩的房間搜索，主要是想聞聞看有沒有特殊的氣味。他們現在被白塔監視著，要從外面購買毒藥的可能性很低，最方便的就是自己想辦法土法煉鋼，那就一定會有氣味殘留。」

層層推進，只要抽出了毛線團的線頭，後頭的推演都是順理成章的。

蘇小雅看著眼前不知何時摸出菸來叼在唇邊，一副很愛睏模樣的哨兵。

「原來，你腦子真的很好呢。」

「多謝讚美。」

看馮艾保臉皮這麼厚的承應下讚美，蘇小雅就忍不住想跟他抬槓。

可來不及開口，馮艾保的電話就這麼巧得響起來了，他閒散地摸出手機瞟了眼上頭的名字，原本斜倚在電梯牆上的身體猛地緊繃，瞬間挺直了起來，表情嚴肅得有些嚇人。

蘇小雅心裡隱約猜到來電的人是誰，也跟著緊張起來。

「何思……」馮艾保接起電話，來不及多說什麼，對面的人就劈哩啪啦扔了一堆話過來，嘶啞又喘著氣，顯得心情非常差。

『快來支援我！定位我的手機，安德魯跑了！現在有個西荊區的員警在追他！』

「喔，這就過去。」聽了何思的話，馮艾保的表情立刻放鬆了，但也沒多廢話很快收線，朝蘇小雅眨眼。「該來的躲不掉哪！小眉頭，準備好見識你第一次逮捕現場了嗎？」

第五章　蛇信嘶嘶作響

何思真的！真的非常討厭跑步。

他喘得像個鼓風機，心臟在胸腔裡碰碰撞擊在胸骨上，幾乎要逃脫出去，雙腿已經因為疲勞而痠痛發軟，要不是靠著意志力，跟平日還算扎實的訓練，他肯定自己已經一步都邁不出去了。

而那個遠遠在前面竄逃的哨兵，已經幾乎連影子都要跑沒了。終於，何思還是敗給了天生的生理機能限制，喘著粗氣停下腳步，一手撐著軟綿綿的膝蓋，一手摀著胸口，咳了半天停不下來。

「何、何警官！」後頭傳來個跟自己一樣嘶啞的呼喊，何思抹去額頭上的汗水轉頭看去，是個年輕、穿著警察制服的員警，摀著側腹步履蹣跚地跑上前。

「您、您還好嗎？」

「還行……」何思觀察了下年輕員警慘白的臉，嘴唇都發白了，顯然已經沒力氣再繼續追，若不休息還可能會出意外。

這也難怪，他們可是整整跑了七個街區，而且因為對象是哨兵，他們是用盡全力在衝刺的，真的差點沒把命給跑沒了。

「先休息吧！你的同事應該能追到人……我打個電話找支援。」何思覺得自己腦子也是糊塗了，幹嘛傻傻跟著跑，他早應該打電話給馮艾保了。

所幸，他原本計畫獨自上門逮安德魯，卻這麼巧西荊區的派出所就在商業街旁邊，他想了想為求穩妥，決定去找些幫手。

這個派出所不大，也就六七個員警，過半還都是普通人，只有兩個哨兵。說到桑格斯古著鋪，這幾個派出所員警都熟，也對店主安德魯很熟悉，雖然不懂為什麼中央警察署重案組的刑警要找安德魯，但還是派了一個哨兵跟唯一的嚮導過來幫忙。

一開始，何思讓兩人在店外待命不要進去，哨兵的聽力很好，店裡要真有什麼風吹草動他衝進來也不晚，不需要一開始就打草驚蛇。

但顯然，安德魯不知道用什麼方法，已經知道何思是個刑警了，在看到人的一瞬間，何思甚至都來不及用精神力觸手攻擊他，兩個塑膠模特兒劈頭蓋臉扔向他。

何思連忙伸手格擋，安德魯趁機衝出店門，跟加足馬力的跑車一樣眨眼就衝出幾百公尺遠。

門外的兩個年輕員警第一時間沒反應過來，何思雖然很快也衝出店外，但肯定是追不上爆發力十足，體能天生點數極高的哨兵的。

「快追！」他氣急敗壞地喊人，兩個小員警可能頭一遭遇見這種狀況，直到此時才反應過來，跟著何思追趕安德魯。

也就因為場面混亂，何思這才忘記第一時間打電話找馮艾保過來支援。

魯尼，也就是那個已經跑得快斷氣的嚮導員警，這會兒直接坐倒在地，按著腹側咳個不停，汗水把有些長的頭髮黏得一縷一縷，全沾在臉上，整個人就是個大寫的狼狽。

何思沒比他好到哪裡，他甚至還比這孩子多跑了兩三百公尺，也是累得癱靠在牆上撥電話。

電話很快被接起，不等馮艾保開口，何思劈哩啪啦拋出話：「快來支援我！定位我的手機，安德魯跑了！現在有個西荊區的員警在追他！」

『喔，這就過去。』馮艾保沒廢話，回應完就收線。

將手機塞回口袋裡，何思轉頭看了眼一臉不甘心的魯尼安慰。「沒事，我搭檔來了之後應該還是能逮到安德魯・桑格斯的，他們哨兵的行蹤白塔都能查到，問題不大。」

「白塔有哨兵的行蹤紀錄嗎？」魯尼顯然也是頭一次知道這種消息，慘白的臉上總算沒那麼鬱悶了。

「據說是有。」何思靠著牆滑坐到地上，盯著天空半天，好不容易把氣喘勻了，突然笑出來。

「何警官？」一旁的魯尼被他笑得侷促不安，怯生生地喊了聲。

何思像是沒聽見魯尼的呼喊，反倒還越笑越大聲，最後摀著臉笑得渾身直發顫，旁邊經過的路人紛紛閃避，像看到了瘋子似的。

「何警官？你還好嗎？」魯尼倒沒覺得何思瘋了，但他懷疑何思受挫太嚴重，所以突然之間有點……怎麼說呢，神經接錯線？

「沒事……沒事……」所幸，何思笑了幾分鐘後漸漸收起笑容，以一個長長的吁氣作結。「我就是想，何必這樣死命追呢？明明可以去白塔調資料的……安德魯也沒那個能力隱藏行蹤才對。」

魯尼愣愣地其實沒聽懂何思在說什麼，但還是點頭贊同。

兩人在街邊待了好一會兒，可馮艾保並沒有出現，倒是蘇小雅找來了。

「你一個人？」何思見到蘇小雅後不可置信地問。

「嗯。」蘇小雅點點頭，把手上的兩瓶水分別遞給何思跟魯尼，一邊道：「馮艾保直接查了安德魯・桑格斯的行跡，已經追過去了。其實離你們這裡不遠，他之前就被另一個哨兵追上了，兩人正在打鬥。」

「另一個哨兵？」何思接過水，喝了口後對魯尼讚嘆。「你同事不簡單啊，竟然這麼快就追上安德魯了。」

也不算特別快吧，畢竟整整追了十二個街區呢。蘇小雅在心裡想，但看魯尼與有榮焉的模樣，也就沒把實情說出來。

恐怕，能追上主要是因為安德魯的體力開始不支了，而員警畢竟還年輕，平時受的訓練肯定也安德魯要扎實許多，追上人是早晚的問題。

如果是馮艾保，要花多少時間才能追到人呢？蘇小雅不免好奇，但眼下時機不對，就沒問出口了。

「我們過去接應吧，馮艾保把車留給我了。」見兩個嚮導喝完水後臉上總算恢復血色，蘇小雅開口道：「馮艾保說他沒帶手銬，等著你過去幫忙。」

「也行……」何思站起身拍了拍褲子上的灰塵，伸手拉了魯尼一把。「你們那邊的情況如何？」問的是實驗室的結果。

「確定證據是有效的，倫恩房間裡的氣味屬於歐夾竹桃甙，馮艾保已經申請調閱倫恩‧切斯特的通訊紀錄跟行蹤紀錄。」

「他要是肯幹，效率總是這麼高。」何思感嘆。「對了，另外兩個哨兵是誰？應該是白塔裡的老師跟教官吧？」

「算是。」幾人剛好來到車邊，蘇小雅轉頭對魯尼問：「你要一起過去，還是先回派出所等？」

「我、我可以跟過去觀摩嗎？」魯尼可說是兩眼發光，他才剛成為員警不久，頂多大蘇小雅一兩歲，這還是第一次碰上刑警辦案呢！

「一起來吧，可以幫忙維持現場秩序。」何思拉開門，率先上了後座，順道招呼魯尼進來。「三個哨兵打成一團，希望別弄壞太多東西，打報告實在太煩了。」

魯尼像隻啄米的小雞連連點頭，坐進車中碰一聲關上門。

蘇小雅上了駕駛座後發動車子，接著回答何思的問題。「確實是白塔的教官，一個是金教官，一個是羅素中將……」

「羅素中將？」何思猛地從椅背上彈起，嚇得旁邊的魯尼往門邊縮。「他怎麼也來了？沒多說什麼吧？」臉色絕對稱不上好，甚至有點畏懼的蒼白。

蘇小雅從反光鏡中看了可以用瑟瑟發抖形容的何思，心裡的疑惑更深，但礙於還有個魯尼在場，他也不好多說什麼，只含糊道：「也沒什麼，就約馮艾保回家吃飯……」

「喔……」何思臉色苦澀地點點頭，倒回椅背上，摀著臉不知道在想什麼。

接下來一路車上都是安靜的，魯尼都有點後悔自己幹嘛硬要跟，絞盡腦汁想問點什麼打破沉默，但看到蘇小雅冷酷宛如人偶般僵硬的臉，什麼話都吞回肚子裡去了。

幸好這一路不算太遠，十多分鐘就到了，遠遠的可以看見人群圍成一堵牆，喧鬧的聲音大得連車窗都擋不住。

蘇小雅連忙把車往街邊一停，三人匆匆下車跑了過去，生怕發生了什麼無可挽回的嚴重狀況。

「抱歉！借過！警察！」何思掏出證件，把穿著制服的魯尼推在最前面開路，人群很快像摩西過紅海一樣左右分開空出一道缺口，足以讓三人穿越過去。

蘇小雅總算明白，何思幹嘛要拉上魯尼了，這就是經驗的落差嗎？

包圍圈的中心是三個哨兵沒錯，但並沒有幾人想像中的慘烈景況……不，這麼說也不正確，這裡是商業街尾端的步行天堂區廣場，地面鋪著漂亮整潔、上面有紫荊花圖樣的地磚，往常這時候應該有兩三組街頭藝人在此處表演，所以才會聚集了這麼多人。

今天雖然是平常日，但也依然有一個小提琴手、一個街頭雜耍藝人表演，之所以知道這種情報，不是因為藝人們還堅持繼續自己的表演，而是因為地上有一把折斷的小提琴，還有幾樣雜耍會用到的道具四散，另外大約三坪左右的地磚被翻起，碎的碎、壞的壞，底下的泥土地都被刮了一層起來。

追著安德魯的哨兵員警跟安德魯本人的外表都令人不忍卒睹，鼻青眼腫不算，安德魯的牙齒好像還掉了幾顆，大口喘息的嘴裡噴出血沫，隱約可見大門牙該在的位置空蕩蕩的。

相對之下哨兵員警除了嘴角撕裂、額頭腫了一大塊外，沒有什麼更嚴重的傷勢。

三人中唯一外表乾淨清爽，甚至連衣服都沒怎麼皺掉的，就是馮艾保了。

他用單膝頂在安德魯的後背上，動作隨意輕鬆，好像沒用多少力氣，然而趴倒在地不住掙扎的哨兵，卻怎麼樣都掙脫不了他的壓制。

「唷！你們來啦！」哨兵很快看到三個嚮導，瀟灑地抬手打了個招呼。「正好，我需要手銬把人銬起來，你有帶吧？」

何思默默無語地從後腰摸出手銬，拋給馮艾保。

接過手銬，馮艾保把齜牙裂嘴，即使痛得要命依然不肯配合的安德魯，像把玩玩具一樣隨意扯過他兩隻布滿細碎傷痕的手臂，壓在後腰上交叉，在男人痛苦的嘶吼聲中，喀一聲銬上。

「安德魯・桑格斯，因為你有襲警逃逸行為，我們依法將你逮捕，你可以保持沉默或書面為自己陳述，你可以選擇辯護人，如果你是低收入戶、中低收入戶、原住民或其他依法令人權保護者，你可以請求請家人朋友列證據。根據法院提審法規定，我們現在逮捕你是因為你是襲警現行犯，如果你覺得我逮捕你的理由不合法，你可以向法院提出申請，你可以委託家人、朋友、律師提出，不用付費的。你二十四小時內會見到法官，回去還有書面資料讓你看。」馮艾保一口氣說完，滿足地嘆了口氣。「我真是，愛死這種時候了。」

「噓！胡說八道些什麼！」何思趕忙上前，拉起倒在地上的哨兵員警，轉頭對蘇小雅交代。「通知鑑識課過來，你們兩位也幫忙維持現場秩序跟保持現場狀態。」後半句是對魯尼等兩個員警說的。

「渾蛋！放開我！我沒有殺人！你有證據嗎？」安德魯依然非常不配合，即使渾身是傷，左腿不知是扭傷還是骨折了，拖在地上無法動彈，依然扭得跟跳豆似的，噴著血沫吼叫：「我要告你們傷害！警察有什麼了不起！警察就可以隨便抓人打人嗎？操你媽放開我！」

「你想操我媽我沒什麼意見。」馮艾保輕描淡寫地拍了拍安德魯的肩，吊兒郎當的。「不過她是個雙S哨兵，你應付得了嗎？小王叔叔。」

也不知道是馮艾保這段話太賴皮，導致連安德魯都不知道怎麼應付，又或者其他什麼原因，安德魯表情依然凶狠，額頭上卻冒出了冷汗，咬著牙垂下腦袋不說話了。

「另外，殺人什麼的我們可沒說，你被抓是因為你把我們可愛的員警先生打成豬頭呀。」

蘇小雅隱約感覺自己的精神力觸手傳來一陣刺麻感，但時間太短，彷彿只是個錯覺。他看了眼把人丟給哨兵員警，自己跑到一邊抽菸的馮艾保，不自覺又皺起了眉頭。

☼☼☼

雙面鏡的一邊是並不寬敞的審訊室，目前只有宛如困獸般被銬在桌邊的哨兵安德魯．桑格斯在裡頭，躁動不安地抖著腿，把固定在地上的桌子撞出喀喀喀的聲響。

他臉上的傷已經被初步處理過，但兩顆大門牙確定回不來了，據說是馮艾保出手的時候安德魯反抗得太劇烈，不得已只得下重手，免得他誤傷在廣場上圍觀的路人。

這一出手，原本與哨兵員警打得不相上下甚至略有贏面的安德魯，不到五秒就被放倒，門牙斷裂直接吞進肚子裡了。

而他們在審訊安德魯．桑格斯之前，得先看過步行天堂廣場的監視影片，確定當時到底發生了哪些狀況，省得被安德魯這種胡攪蠻纏的渾蛋帶走了節奏，白白浪費時間。

監視器的畫面很快送來了，幾人在雙面鏡另一邊的監控室點開影片，兩個西荊區的員警神情興奮，像第一次出遊的小朋友，蘇小雅再怎麼收斂自己的精神力都能感受到兩人的激動，讓他有點煩躁。

所幸，點開影片後大家的注意力很快都被黑白無聲的畫面吸引，蘇小雅總算能鬆口氣。

影片一開始是熱鬧的步行天堂區廣場，小提琴家及雜耍藝人分據廣場一隅，聚集了大量午後逛街的群眾，和每個熱鬧的商店區沒有兩樣。

但很快，安德魯衝入了畫面中，沿途推撞開擋在自己面前的人，平靜熱鬧的街區瞬間亂了，哨兵員警很快趕上直接將他撲倒在地，接著兩人在四散奔逃的群眾間纏鬥在一起，互相揮拳不說，安德魯還搶過小提琴往員警臉上砸，員警不慎被砸中，摀著臉退了幾步，隨後抄起雜耍藝人手上像保齡球瓶的道具扔過去絆住安德魯逃跑的腳步，兩人又接著打成一團。

隨著兩個哨兵白熱化的戰鬥，周圍路人神情驚恐地逃跑，很快畫面裡就只剩下打得不可開交的兩人。鋪得平整漂亮的地磚被踩破第一片後，就跟骨牌似的接二連三遭殃了。

因為監視畫面沒有聲音，整場打鬥猶如默劇，但依然能透過黑白影像感受出當時候搏鬥有多激烈，雙方身上的傷不斷增加，兩張臉從猙獰變成猙獰的豬頭，整個過程差不多有十多分鐘，員警很明顯力不從心了，但安德魯也沒討到好，幾乎是用不要命的方式對員警拳打腳踢，才爭取到自己的贏面。

大約在第十七分鐘四十多秒的地方，畫面邊緣出現個體格修長但姿態散漫的人影，用一種散步的閒適姿態走近搏鬥中心。他距離抓得極好，兩人打得多麼激烈，地磚碎片如何四散，塵土如何飛揚，都好像沾不到他的身上。

那人一手插在口袋裡，嘴上叼著抽了一半的菸，與周遭的混亂格格不入，彷彿眼前是場表演，而他是個看客，興味盎然地期待表演者下一秒會給自己怎樣的驚喜。

從服裝還有那標誌性的散漫姿勢，很明顯可以確定這人就是馮艾保。

他悠悠哉哉抽著菸，深深吸入一口後等氣味在胸腔中過了一圈，便略仰起修長的頸子緩緩把菸吐出來，即使是不夠清晰的監視器畫面，也隱約能見他喉結滾動的模樣，有種說不清楚的味道。

當下，在觀看監視畫面的幾人，除了何思全都下意識把視線轉向馮艾保，瞟了他喉結一眼。

「Adam's apple」蘇小雅腦中不知怎麼就閃過這個英文單字，直譯是亞當的蘋果，指的就是男人的喉結。據說，這個詞彙源自於聖經的典故。

大約是這麼個故事，當夏娃被蛇引誘吃了善惡果後，並拉著亞當一起犯規。亞當吃善惡果的時候，不知道是緊張還是其他什麼原因，卡了一塊在喉嚨裡，從此男人就有了喉結的存在。

不愧是禁果，難怪這麼令人……蘇小雅猛地用精神力觸手抽了一下自己，拒絕再繼續往下胡思亂想。

何思看了他一眼，應當是查覺到小嚮導的舉動，欲言又止了幾秒後還是把視線轉回螢幕上。

影片還在往前跑，只見馮艾保拿出攜帶型菸灰缸把菸捻熄了，收起來後還看了眼手腕上的微型電腦，在上頭划拉了幾下，這時候安德魯已經掙脫了與員警的纏鬥，目露凶光地看向離自己最近的馮艾保，張大嘴應該是發出咆哮，傷痕累累的員警都被這一聲震懾了，臉上隱約露出畏懼的神情。

「他那時候散發很強烈的哨兵費洛蒙素，我有點……」看著自己畫面上丟人的表現，哨兵員警窘迫地解釋道。

「沒事，他是軍人退伍，學過怎麼用哨兵費洛蒙素震懾敵人，你還年輕經驗不足，被壓制住是正常的。」何思寬慰道，用精神力觸手安撫了下羞恥又倉皇的年輕哨兵。

在S級嚮導的安撫下，年輕哨兵很快穩定了情緒。一旁的蘇小雅默默把何思的舉動記進腦子裡，未來他也得好好學習如何快狠準地安撫住哨兵，可以減少非常多的麻煩。

首先，他第一個要放倒的，就是馮艾保！為了這個目標，他在自己內心的小手帳上，又寫下了一個待學習事項。

眼前，監視畫面中的安德魯像頭猛獸，狼狽卻不減絲毫凶殘地往馮艾保衝過去，看樣子很可能注意到眼前人身分不一般，打著要脅持馮艾保當人質的主意了。

若說安德魯是極致的勇猛及速度感，馮艾保這邊就寧靜的彷彿時間暫停。

整個過程大概就幾秒，安德魯已經衝到馮艾保跟前對他伸出手，從角度及姿勢判斷，右手的目標是馮艾保的咽喉，左手的目標是額頭，重力加速度下直接把人的喉結擰碎，弄脫臼頸骨都是沒問題的。

馮艾保呢？他並沒躲閃，甚至隱約可見他唇邊一抹淺笑，彷彿眼前攻擊自己的人根本不存在，只是個互動式劇場的演出。

員警在後頭嘶吼著什麼，奮力起身想衝過去撞開安德魯，然而事態的變化僅只一瞬間，就看到馮艾保漫不經心地伸出長腿一挑一撂，安德魯就像台齒輪卡住的重型機械，往前衝的所有動力都反轉過來灌注回他身上，整個人硬生生面部朝下，狠狠地敲在地面上，碰！

每個人都覺得自己聽見頭蓋骨與地磚碰撞時令人牙痠的聲響，但監視畫面明明是沒有聲音的。

安德魯半天沒能起身，以頭朝地蠕動得像隻快被曬死的毛蟲。

「他的牙就是這時候撞斷的？」何思按下暫停鍵，回頭問雙手插兜靠在監控室門邊的馮艾保。

這傢伙正在打哈欠，一臉愛睏的模樣。

聞言，他點點頭，含糊地回答：「差不多吧，後面他爬起來還不死心想逃，我就上去跟他『溝通』了幾句話，可沒胡亂動手喔！你可以繼續往後看，或者問問這個小哨兵也行，他可是目擊證人。」

看自然是會看的，但主要的事件發生經過已經差不多釐清了，後面的影像不急著看。

哨兵員警在被馮艾保點名後，把頭點得跟啄木鳥似的，一臉崇拜地道：「馮警官沒有說謊，他真的沒對安德魯．桑格斯有超出法規範圍的舉動。」

蘇小雅看了員警一眼，這傢伙的表情讓他回想起第一次見到倫恩．切斯特時，對方也是這種崇拜得雙眼發光的模樣。

「好，謝謝你們兩位的幫忙，接下來你們可以先離開了。後續有什麼結果，我會再通知你們的。」何思關上監視器畫面，起身準備把兩個員警送走。

當初把兩人留下來，也只是讓他們這場逮捕行動有個明確的結束，但再往後的查案辦案，就不適合讓兩人繼續參與了。

儘管依依不捨，兩個年輕人也沒開口試圖多留一會兒，順從地離開了監控室，屋子裡又剩下馮艾保等三人。

「你那時在廣場上，收到什麼消息嗎？」蘇小雅問道，他記得馮艾保操作了一會兒手上的電腦。

「安德魯・桑格斯的人際關係網，還有倫恩・切斯特的通訊往來紀錄，我現在傳給你們。」馮艾保說著，在手腕的電腦上划了幾下，何思及蘇小雅手腕上分別發出嗶嗶聲。

「我剛趁你們在圍觀安德魯的野生動物紀錄片時，把這些資料大略看過了一遍，有些不出所料的有趣東西。」

「不出所料的有趣東西？」何思點開自己電腦上的資料夾開始翻閱，才第二頁就挑起眉，讚嘆道：「還真是有趣沒錯。」

蘇小雅看得稍慢，第一頁上是安德魯的基礎訊息，沒什麼特別的地方，頂多就是哨兵等級數值與之前得知的資料有落差，他並非Ｂ級哨兵而是Ｂ＋級哨兵，且數值頂峰接近Ａ－哨兵。

也難怪他能逃了十二個街區，與員警的肉搏絲毫不落下風，要不是後面遇上了馮艾保，搞不好還真能被他逃掉。儘管白塔可以追蹤到他的行跡，但他在外頭就是個不定時炸彈，誰知道會不會豁出去傷害普通人呢？

第二頁上，寫了他的家庭成員，祖父母、父母都在四年前被捲入一起嚴重的車禍過世，這才由他繼承了古著鋪。

他有兩個姊妹，都已經嫁人多年，其中妹妹南茜出嫁後改夫姓，目前叫做南茜・切斯特，育有一子二女，兒子是個哨兵，今年剛滿十八歲，姓名欄上赫然寫著：倫恩・切斯特。

「所以，桑格斯與倫恩是甥舅關係啊……」蘇小雅有種意外又感覺合情合理的複雜情緒。

整個線索現在幾乎已經全部扣上了，既然安德魯與倫恩的關係已然明確，接下來也就能確定要排查的通訊紀錄範圍。

何思把微型電腦上的資料投射到牆面上，左右兩個視窗分別是安德魯的通訊紀錄與倫恩的通訊紀錄。

兩人的聯繫並不頻繁，但安德魯與南茜卻應該是感情很親密的兄妹，幾乎每兩天就會聯絡一次，多數時間是語音通話，但視訊通話的頻率也不能說很低，且每次聯絡都至少二十分鐘起跳，最長可以長達一小時。

並且，在四年前祖父母與父母皆亡故後，每逢重要節日，比如復活節、端午、中秋、聖誕節、新年等等時候，南茜都會邀請哥哥到自己家過節，一般安德魯也會接受邀約，出席妹妹的家庭聚會。

在這種情況下，即使安德魯與倫恩的日常聯繫並不頻繁，但兩人的接觸肯定是有的。也因為有安德魯的存在，倫恩是少數獲准離開白塔回家過節的未成年哨兵，倫恩不像多數人會謹慎拒絕，反而次次都會回家過節。

他的性格顯然與面對馮艾保及蘇小雅時那種開朗單純稍有不同，他很大膽並且有意識地隱藏自己的大膽，也隱藏了自己其實可以在符合規定的狀況下離開白塔的事實。

近一年，也就是倫恩・切斯特升上最高年級，並成為學生聯會男學生副主席開始，他與安德魯的聯繫變得頻繁起來。

不過，他們的聯繫多數並非語音通話，全都是信件往來。從訊息來看，都是些很日常的問候跟生活分享，還有倫恩詢問安德魯軍隊生活之類的內容。

看起來倫恩是打算走軍界。

他的信件用詞與內容，與展現在眾人面前的性格是一致的，有活力且精力充沛，沒那麼精明但做事俐落，為人誠懇且非常熱情，很容易讓人對他心生好感。

安德魯對自己的外甥顯然也很信任，即使在某一封信裡倫恩略有冒犯地詢問了他當初為何退役，安德魯也並沒有生氣，只簡略地回了幾句話解釋，其中有句話是這麼寫的：『哨兵擁有最優秀的基因，不應該被玷汙。唯有與嚮導結合，才是符合自然正軌，並維持純粹的唯一途徑。』

「這看起來像ＳＧ的宣言。」何思揉著太陽穴，臉上藏不住厭惡。「跟安德魯其他信件的習慣書寫用詞及書寫邏輯都不同。」

所謂ＳＧ是一個激進組織，該組織認為哨兵只應該與嚮導結合，排斥所有非哨兵嚮導的伴侶，聚集了非常多哨兵至上主義的極端分子，可以說是和平年代少見的，接近恐怖分子的團體。

「確實，安德魯是錯字很多的人，詞彙量也偏少，用詞很簡潔有時候乍看之下語言邏輯很錯亂。唯有這段文字完全不同，像是出自慣常使用文字表達意見的人之手。」蘇小雅贊同。

馮艾保點開一封倫恩寫給安德魯的信，這封信付了一張照片。

信上寫著：『舅舅，畢業舞會要開始籌備了，學生聯會的夥伴們決定在開始前拍一張紀念照，等舞會結束後再拍一張，紀錄我們在白塔最重要的一次任務。你看到我了嗎？在我身邊的是我的好朋友，男學生主席簡正，再過去就是女學生主席黎英英，她旁邊的是女學生副主席陳雅曼。我們四個最近總是在一起忙碌。舅舅，我有個小祕密不知道該不該說，但我相信你不會把祕密說出去的，所以我偷偷告訴你啊！我不小心看到了，黎英英跟簡正躲著大家擁抱跟親吻……唉，舅舅，你說我該怎麼辦呢？』

馮艾保吹了聲口哨。「那麼問題來了，你們猜，倫恩・切斯特會不會得出跟你們現在腦中所想的一樣的結論呢？」

兩個嚮導看了馮艾保一眼，同時嘆了口氣。

不管是否得出同樣的結論，倫恩那封看起來只是跟舅舅訴說苦惱的信件，很大可能導致了黎英英及簡正的死亡。

當然，這過程當中有多少是意外，有多少是刻意，還需要審問完安德魯・桑格斯才能確定。就希望這傢伙像他外表看起來一樣，是個腦細胞都長到戰鬥本能上的人。

「慢著，我還有個第一手情報沒給你們看。」見何思準備進審訊室，馮艾保伸手攔了下搭檔，改用自己的電腦投影出資料。

這是軍方的資料，上頭有兩個鮮紅色的字「封存」，和電影裡常見的密存文件外觀乍看之下幾乎一模一樣。

「安德魯的不名譽退役原因？」何思抱起手臂，皺著眉語氣不太爽。「你怎麼敢在這種時候跑去麻煩羅素中將？」

「你說的這時候，是指我媽想約你和我一起回家吃飯的時候嗎？」馮艾保輕笑著問，語調中有種纏綿的味道，非常欠揍。

何思用白眼回答他：「現在不是談私事的時候，快把文件點出來。」

馮艾保哀怨地嘆口氣，咕噥著一些諸如「唉，有人吃乾抹淨拔屌無情」、「我出賣自己的靈魂也換不到你一個體貼的微笑」之類的垃圾話，蘇小雅實在聽不下去，用精神力觸手往哨兵肚子來了一下，當場把人打得梗住未出口的碎念，連咳好幾聲。

控訴地瞟了蘇小雅一眼，馮艾保總算閉上嘴點開了資料夾。

一連幾頁資料攤開來，有些地方被畫上了不透光的黑線，隱藏了部分訊息，但整體並不妨礙閱讀，幾人很快就把資料看完了。

何思冷冷地哼笑，臉上的厭惡完全掩藏不了。「他不只是SG的崇拜者，還是個極端哨兵至上主義者，怪不得會不名譽退役。」

簡單說，當初安德魯在軍隊時，儘管資質不是最頂尖的，但也是十分受到軍方看好，畢竟他的潛能極有開發價值，入伍短短一年半，就從B級哨兵成長為

B+頂峰哨兵並可能突破成為A級哨兵，這樣的成長曲線極為少見，軍方當然樂於培養這樣的人才。

並且，安德魯在服從性上的得分也是極高的，任何長官的命令，他都能確實執行到接近完美，可說是把哨兵的優點發揮得淋漓盡致。並且，雖然五感不如真正的天賦型高階哨兵，但在體質及戰鬥意識上，他絲毫不遜色。

這樣的人，照理說在軍隊裡應當前景無限才對。

可偏偏，他強暴了同寢室的嚮導。

儘管關鍵訊息都被隱沒，軍方報告也沒有詳細描述犯罪過程，但冷冰冰的驗傷報告已經足夠讓幾人感受到事件的惡劣程度有多令人髮指。

受害嚮導是安德魯•桑格斯的後輩，剛從新兵訓練營分發過來，十九歲的年紀才大了蘇小雅一歲，是個B級的中階嚮導。

軍隊裡的宿舍一般是兩到四人一間，安德魯的宿舍是間四人房，其他兩個舍友都是與他同梯的哨兵，平日裡幾人相處融洽，對彼此的評價也都是正面的。

那天兩個哨兵舍友恰好外出做任務，宿舍裡只剩下安德魯與新兵嚮導，誰都沒想到竟然會發生這麼惡質的事件，總之等嚮導終於求救成功時，一切的暴行早已結束，安德魯正在自己臥室裡的浴室沖澡。

鎖骨骨折、肋骨斷了三根、雙手手臂有開放性骨折、一條腿足踝和膝蓋粉碎性骨折、小腿開放性骨折、肛門撕裂傷、直腸被拖拽出十五公分、顱骨眼窩裂傷、一顆眼球爆裂……整整八頁的驗傷報告，光閱讀文字就令人一股寒意從腳底竄上頭頂，蘇小雅看了一半就看不下去，別開頭。

受害嚮導沒死不是因為自己的運氣好或身體素質夠好，完全是因為安德魯故意留他一條命，因為傷人頂多吃牢飯，殺人後續反而難處理。再說了，對安德魯來說，嚮導還是很寶貴的，無論男女都有價值，他還打算把受害嚮導調教成自己的結合伴侶。

當然，他的計畫沒有成功，軍隊怎麼樣都不可能放任他的惡行，即使為了面子沒有大張旗鼓地懲戒他，卻也把他扔進監獄關了八年。也就是說，明面上他是服役了十年，實際上這當中有八年的時間，他其實是在軍隊的重刑監獄中服刑。

至於受害嚮導，資料中多數關於他的訊息都塗上了黑線，只知道最後他沒有繼續軍旅生涯，很快從軍中退役不知去向。

蘇小雅與何思往雙面鏡看去，對面那頭有著人類外皮的野獸神情猙獰，即使被手銬銬住，仍然半點頹喪的神情都沒有，狂躁得像隨時會把出現在眼前的人一口咬死。

「你可要忍住，別用精神力把他腦子弄傻了。」馮艾保輕聲調侃了句，很適時把兩個嚮導從恐懼與厭惡的負面情緒中拉出來。

「放心，比他噁心的垃圾我也不是沒見過。」何思露出淺笑，深深吸了口氣後用力吐出來，揉揉自己的臉，掩藏住過多的情緒。「如何？」

馮艾保對他比了個大姆指。

何思拿起資料夾，裡頭是剛剛列印出來的，關於安德魯的各種情報，以及他與倫恩的往來郵件，強勁有力的精神力觸手做了個簡單的伸展，便推門離開監控室。

當審訊室的門被推開的時候，原本抖著腳躁動不安的哨兵，突然停下了所有動作。

乍看之下沒了他用膝蓋頂動桌子的喀喀聲，蘇小雅竟有種不習慣與悚然。

「怎麼了？」馮艾保拉開椅子，在何思之前的位置上坐下，一雙無處安放的長腿交疊，像想到什麼有趣的事，發出嗤嗤的笑聲。

「怎樣？」蘇小雅拉來另一張椅子坐下，不錯眼地盯著氣氛緊繃到極限，隨時會崩斷般的審訊室。

何思完全沒理會安德魯，自顧自拉開椅子在男人對面坐下。而斷了門牙猶如困獸的哨兵，則揚著下巴嗅聞空氣中的氣味。

明明馮艾保也會做這樣的動作，對哨兵來說是個再平常不過的舉動。但若安德魯像隻鬣狗，馮艾保就是慵懶的獵豹……或者胖嘟嘟的黃金鼠也行。

「我是想到，你交叉雙腿的時候，要花多少時間調整你的小弟弟？」

這什麼狗屁問題？蘇小雅側頭瞪了他一眼，雖然不想回答，可思緒卻不由自主被拉扯過去，說起來平常沒怎麼意識到，可男人的性器畢竟是個外凸的器官，很多時候在腿間滿礙事的……

不對！他怎麼又被馮艾保牽著鼻子走了！蘇小雅反應過來後一陣惱火。

「關你什麼事！」他沒好氣地皺著眉頭嗆道，沒發現自己原本緊繃的心情，在馮艾保無厘頭的打擾下消散了大半，整個人都放鬆了。

馮艾保聳聳肩，對雙面鏡比了個請的手勢，示意蘇小雅專心旁觀何思對安德魯的問訊，就當他剛剛的問題不存在。

安德魯抽著鼻子對空氣嗅了好幾口氣，最後臉上扭出個讓人生理不適的笑容，咧著沒了門牙卻依然給人一種牙骨森森感的嘴道：「你身上有舊人類的味道，很濃。昨天晚上沒帶套，都射在肚子裡了？」

舊人類這種說法，也是SG特有的，專指非哨兵嚮導的普通人。眾所周知，哨兵與嚮導屬於基因突變，目前科學主流認為，演化的主要推力就是基因突變，因此SG的崇拜者們認為，哨兵嚮導是人類演化的前鋒，未來人數會漸漸增加，而未能突變的人類終將在演化的洪流中被吞噬，是哨兵與嚮導的墊腳石，所以稱他們為舊人類。

至於科學家到底是不是這麼認為，SG才不在意。

何思輕描淡寫地瞥他眼，既沒氣急敗壞，也沒羞恥瑟縮，彷彿安德魯這段話比屁還不如……起碼屁還會臭。

「你是安德魯・桑格斯嗎？」何思翻開文件資料夾，十指搭成塔狀放在桌上，與安德魯混濁凶狠的雙眼對視。

「你為什麼選擇舊人類？他們夠大嗎？夠硬嗎？肏得到你夠爽的地方嗎？」安德魯全然無視何思的問題，舔著乾澀的嘴唇，自顧自反問。

「你知道自己是為什麼被逮捕嗎？」何思又問。

「來，你聞聞老子的費洛蒙素，如何？是不是覺得小屁股癢了？嘖嘖嘖，你剛進來老子就發現了，你這嚮導是個騷貨，屁股練得這麼翹，褲子還穿這麼緊，肚子裡還有舊人類的精液，你存心找操啊！」話音剛落，安德魯突然臉色一變，彎下腰猛得咳了幾聲，臉色狠狠脹紅起來。

何思依然面不改色，只是抽出了懷裡的手帕，慢悠悠地掩蓋住自己的口鼻。

「依照哨兵嚮導管理條例的二百三十六條，任意散發費洛蒙素意圖操控、影響、傷害他人者，可以傷害現行犯視之。你懂我的意思嗎？」

蘇小雅驚訝地看著何思，因為哥哥的關係，他與何思其實認識很久了，只不過先前何思隱瞞了自己刑警的身分，只說自己是個公務員，平日裡絲毫不見高階嚮導慣有的冷漠與隱約的高傲，反而非常親切平易近人。

這還是他第一次看到何思表現出了高階嚮導的神態。

安德魯雙眼閃著仇恨與怨毒的目光，他的手被銬在桌邊，連搗一下肚子都沒辦法，只有額頭及鼻尖上沁出冷汗，順著猙獰的表情往下淌，看起來頗為狼狽。

但無論他多不甘心，眼前的嚮導顯然是個高階嚮導，恐怕在A++級以上，即便心裡依然不乾不淨地詆毀何思，可好歹不敢再繼續耍嘴皮子。他知道自己在高階嚮導面前討不了好處，還可能得不償失，索性閉嘴來個不服從運動。

「你是桑格斯古著鋪的老闆對嗎？」何思問。

安德魯用混濁噁心，宛如爬蟲類般陰冷的視線看著何思，卻不肯開口。

「我們知道，你的外甥倫恩．切斯特是白塔今年要畢業的哨兵之一，這裡是你們的通訊紀錄。」何思將兩人的通訊紀錄攤開來，用手指點了點那張學生聯會的照片。「這位女學生，是不是有到你店裡購物過？」

安德魯依然不回答，反而刻意對何思舔了舔唇，下體還往上頂了頂。

「這兩件衣服都是你店裡賣出去的嗎？」何思視而不見，接著推出黎英英與簡正死時穿著的禮服的照片。「我們查過你店裡的監控，白塔的畢業舞會前三天，黎英英出現在你店裡，並且拿了一套男性禮服結帳，對嗎？」

又是一張照片，畫質有些模糊，但還是能清楚看到是死者黎英英，她是個高䠷健美的女性，在學生聯會那張照片中可以看得出容貌清秀，而她在古著鋪裡時似乎心情特別好，雙眼中的光芒連低畫質都掩蓋不了，鮮活而且明豔。

安德魯依然看都不看，一逕盯著何思，黏稠的目光從他的臉龐滑向修長纖細的頸子，接著繼續往下。回憶起他先前多次對何思的性生活大放厥詞，目光最後會游移往哪個位置不言而喻。

蘇小雅噁心的皺起眉頭，忍不住問馮艾保：「你們常常遇到這種嫌疑犯嗎？沒有辦法管管他們嗎？」

「我們遇過很多千奇百怪的嫌疑犯，相信我，安德魯・桑格斯不是最噁心的。另外，沒錯，言論跟眼神我們不能管，就算想用精神力觸手揍他也不行，但可以『安撫』他，或者若他刻意用精神力動物主動攻擊的時候，我們也能反擊。」馮艾保嘴裡似乎經常得含著什麼，監控室裡不能抽菸，所以他現在嘴裡含著一根棒棒糖，對蘇小雅誇張的攤攤手。「歡迎來到法治的社會。」

「你沒有什麼想說的嗎？」何思又展示了幾樣證據，可無論他問了多少個問題，安德魯就是死活不肯開口，用令人反胃的眼神，無視桌子的阻隔，盯著何思的腹部看，鼻子還時不時抽動著嗅聞。

「你要是幫老子含雞巴，我就告訴你你這張賤嘴值多少錢。」安德魯說著狠狠挺了挺下體，椅子發出嘰嘎搖晃，桌子也跟著振了兩振。「騷貨。」

蘇小雅只感覺腦子嗡的一聲，裡頭何思還沒什麼反應，監控室裡俄羅斯藍貓紺已經竄了出來，直接往雙面鏡上撲，所幸在撞上去前被馮艾保眼明手快地撈住，按進懷裡狂擼十幾下。

「冷靜點小眉頭，何思吃麵，你在一旁喊什麼燙呢？」

一時不察，蘇小雅沒來得及建立與精神體之間的屏障，整個背脊百分百感受到馮艾保掌心的溫度，臉轟一下又紅又燙，差點跟著紺一起嗯嗯啊啊呻吟起來。

「馮艾保！把你的手給我停下來！」剛成年的小嚮導忍無可忍，用被摸軟的手一把搶回紺，眼眶都泛淚了。「你給我等著！下次我要抓你的老鼠來當滑鼠用！」

「隨時歡迎囉～～」論皮，馮艾保這輩子沒輸給任何人呢。

第六章　俄羅斯藍貓露出微笑

最後，安德魯・桑格斯丟出一句。「我要見我的律師。」之後，就再也不肯開口說一個字，連那些垃圾話都不說了。

何思拿他完全沒轍，只得把東西收拾好，離開審訊室回到監控室，門剛關上，他壓抑許久的怒火直接爆炸，一腳踢向門邊的大型木製資料櫃，一連踹了好幾腳，整個櫃子都被踢得搖搖欲墜，全然不管雙面鏡另一邊的安德魯是否會聽見這邊的動靜。

他接著把手上的資料惡狠狠甩在桌上，雙臂環胸喘得跟燒開的鍋爐一樣，咬著牙道：「如果我不是個警察，如果我不是個警察，我一定要把他弄成傻子，折斷他『又硬又粗又長』的螢光棒！」

「來來，喝口水，喘喘氣。」

馮艾保早準備好了一瓶飲料，品名叫做「極濃！巧克力雲朵咖啡」，非常意義不明，先前蘇小雅拿過來看了下營養標示，含糖量高到他下意識縮起脖子抖了抖，發出作嘔的聲音。

何思瞟了飲料一眼，氣鼓鼓地拿過來洩憤似扭開瓶蓋，咕嘟咕嘟一口氣灌了半瓶。

這是六百毫升的寶特瓶飲料，蓋子剛扭開廉價巧克力的甜味立刻瀰漫在狹窄的空間裡，讓人有種自己每呼吸一口氣就是吸進一口糖的錯覺，就算是螞蟻可能都會被搞到Sugar High。

儘管蘇小雅自覺無法喝下這麼甜的飲料，他光聞味道就被甜得頭皮發麻，雞皮疙瘩爬滿手臂。可何思卻顯然很受用，情緒及精神力都迅速被安撫下來，恢復了八成的冷靜。

他長長吁了口氣，把瓶蓋扭上：「謝了……」

「不客氣。」馮艾保眨眨眼。「我讓人去通知他的律師了。」說著用大拇指往抖著腳發出噪音的安德魯比去。

「他的律師是誰？」監控室裡已經沒有椅子了，何思現在也不想再看到安德魯，所以背對著雙面鏡坐在桌上。

「大名人，麒識法律事務所的舒璃似舒大律師。」馮艾保用舞台劇那種浮誇的語調念出律師的名字，何思好不容易平靜的表情又垮了。

「舒璃似？怎麼會是她！」這個律師顯然是個麻煩人物，何思驚愕的語尾都分叉了，喘了兩口氣後，又扭開飲料瓶咕嘟咕嘟灌完剩下半瓶。

「我知道這位女士，我記得她在刑事案件上非常有名，只接哨兵客戶，勝訴率高達八成六。」蘇小雅驚嘆出聲：「安德魯怎麼會認識舒璃似？」

畢竟原本想往司法部門發展，蘇小雅當然研究過國內幾間執牛耳的律所，對當中有名的律師也都略知一二。說起麒識法律事務所的，是國內最大的律所，自然也是最出名的，甚至海外都有一定的名氣。而舒璃似可以說是麒識的門面不為過。

有個公式是幾乎不會有例外的，就是越好的律師收費越貴，安德魯看起來不像是請得起舒璃似的人，一間古著鋪一整年的營收，恐怕都沒辦法跟舒璃似面談幾次。

「就像你說的，這個舒璃似是個麻煩的傢伙，並且她同時是SG組織的代表律師，我懷疑安德魯就是經由這層關係，搭上舒璃似的。」何思揉著太陽穴，整個人都失去了血色。「如果是她，就算我們現在是用襲警現行犯拘留安德魯，但只要她到場了，我們想趁機問白塔的案子也不可能了，她不會給我們這種機會的，等時間到了，還是得把安德魯移送地檢署，只能起訴他襲警，白塔案想都別想了！」

何思說得一股火氣直竄上來，忍不住把手裡喝空的寶特瓶擰成一條麻花。

確實，黎英英是去古著鋪買衣服了，但監視器中，她並沒有立刻把衣服拿走，甚至還留下了自己的衣服，在做出這個決定前，也是黎英英先開口跟安德魯攀談，不知道說了些什麼才決定留下衣服。

之後，禮服是郵寄去白塔的，但發貨地點並非古著鋪，是一間洗衣店。由此推測，也許是黎英英發現二手衣上有什麼汙點，希望安德魯能幫忙送洗處理，而安德魯同意了。

這段交易內容沒有絲毫不正常的地方，而衣服也不是安德魯親自送洗的，是由洗衣店來收件，在那之前安德魯僅僅打過一通電話給洗衣店，通話時間才五分鐘。

「如果衣服送洗了，那為什麼還有防腐劑殘留？」蘇小雅舉手發問。

「這是個好問題，從調查到的資料來看，這間洗衣店有點問題，他們前幾年生意變差了，一度負債累累，差點連房子的貸款都交不出來，但三年前他們的經營狀況突然好轉，即使客戶並沒有特別增加，卻陸陸續續把債務還清。而三年前，也是安德魯接手古著鋪的第二年，他突然換掉了長年合作的洗衣店，改與這間……鄒太太洗衣店合作。」何思點開了手上的電腦，翻閱起同事調查到的消息回應。

「這間洗衣店一定也有鬼。」蘇小雅當即判定。

「確實，只要我們再花一點時間深入調查，應該可以挖出有趣的東西來。但即使如此，要直接判定安德魯有犯罪意圖，也非常困難。」馮艾保聳聳肩，見蘇小雅不以為然，搶在他開口前又道：「你猜得到，我也猜得到，鄒太太洗衣店肯定跟殯儀館有什麼不為人知的交易，不管是殯儀館員工監守自盜，把死者的衣服剝下來賣給洗衣店，最後流入古著鋪中，或者反過來古著鋪出租自己的衣服給殯儀館短暫穿在死人身上，之後再回收，你都只能證明安德魯有不法獲利，但無法證明他對黎英英有殺意。」

從古至今，最難證實的就是這個「明確的殺意」。

眼下所有的證據都是間接證據，安德魯也許是SG崇拜者，也許知道黎英英與簡正的雙哨兵戀愛，也許店裡的二手服飾被汙染過，也許他確實是個哨兵至上主義爛人，但你無法證明他有明確的殺人意圖，無法證明黎英英跟簡正是被殺害的，目前為止更像是意外。

說起來，原本他們也並非用殺人嫌疑扣留住安德魯的，主要還是因為襲警現行犯這條犯行才能合法扣留住安德魯。否則，只要安德魯不願意配合，不肯回答問題，或直接否認一切，他們手上的證據目前根本留不住人。

「現在，除非安德魯自己承認犯罪事實，否則我們暫時拿他沒轍。」末了，馮艾保一攤手，頗有點束手無策的無奈。

「等等律師來了之後，可以讓我去訊問安德魯・桑格斯嗎？」蘇小雅看了看兩個似乎一籌莫展的刑警，舉起手爭取道。

「喔？你有什麼好辦法嗎？」馮艾保有趣地瞅著乖寶寶般的小嚮導。

「小雅，你還只是實習生，沒有經驗，不要亂來。」何思想都不想就勸阻道，他才剛與安德魯交手過，深知這個男人多令人噁心。

「拜託讓我試試，放心，我會保護好自己的。」蘇小雅不為所動，高舉的手也沒有放下，像是課堂上為自己的成績據理力爭的好學生。

「小雅，這不是……」何思當然不願意，可他才剛開口，馮艾保就打斷了他。

「可以啊，有何不可？」哨兵無可無不可地勾著唇笑道：「我倒是很好奇你打算怎麼做，先說好啊！用精神力讀取對方記憶，或是意圖用精神力改變哨兵認知都是違法行為喔！」

「這種事不需要你提醒！」蘇小雅對馮艾保翻了個白眼，見何思還是一臉不贊成，他指著安德魯的資料道：「我剛就在想，安德魯當初為什麼會強暴他的後輩？雖然大部分的資料被隱藏，但還是可以從側面推測，這位受害者是個有點小驕傲，且略為天真的人，雖然不知道這幾年為什麼安德魯都沒有再找另一個嚮導結合，但我應該可以扮演出他喜歡的類型。」

「你不用扮演，你就是這種類型。」馮艾保噗嗤笑出來，連連點頭。「這是個突破口，我不清楚你打算怎麼做，但感覺會很有意思。試試也沒什麼關係，孩子總是會長大的。」

最後這句話是對著何思說的。

何思不以為然地瞪了馮艾保一眼，終究沒有說出拒絕的話語，只是轉過頭假裝自己不在場。

此時，監控室的門被敲了敲，一個重案組的哨兵打開門探頭進來。「舒璃似到了，見一下？」

「好喔。」馮艾保起身動了動手腳，對蘇小雅勾勾手。「來吧，小眉頭。我介紹你認識一下身價全國前三高的律師女士。」

蘇小雅連忙起身，見何思低著頭不肯看自己，他靠過去用精神力觸手碰了碰何思，傳達自己的歉意跟堅持。

何思探口氣，也用精神力觸手碰了他一下。

蘇小雅笑了，他還是希望何思能支持自己。「我會注意安全的。」丟下這句話，他跟在馮艾保身後離開監控室，外頭天色已經暗了，警局裡的燈光是白色的，光線照射下整個空間給人冷硬的距離感。

外頭站著個高everyone美豔的女性，她一身深色套裝，雪白到幾乎沒有血色的端正臉龐上架著粗框眼鏡，深色的頭髮在後腦杓盤成髻。

「我是舒璃似，我的當事人在哪裡？」冰冷的語調帶著高高在上的壓迫與傲氣，幾人明明都是站在同一平面，卻硬生生有種被由上往下凝視的感覺。

「歡迎啊舒律師，好久不見。」馮艾保卻絲毫沒有被壓制住的模樣，還是那般不變的閒散，對舒璃似揮揮手。「既然你來了，我們家的小朋友也有話要問安德魯・桑格斯，就讓他帶妳去見人吧。」說著把蘇小雅推了出去。

舒璃似鏡片後的眼眸掃過蘇小雅，冷冷的，哼了一聲。

蘇小雅的長相並沒有特別出彩，輕輕秀秀的臉蛋，白皙又小巧，下巴尖尖的，頷骨線條精緻纖秀，一雙大大的眼睛，看起來有種貓般的小小驕縱。

他平常沒什麼表情，虹膜比眼白要稍微小一點，要是小眼睛的人，就會變成俗稱的三白眼，讓人感覺凶狠而且不真誠。但蘇小雅吃香的地方就在於他有雙大眼睛，儘管自覺平日面無表情的時候，應該是非常生人勿近的，但其實任誰看了都覺得他是個很乖的小朋友。

顯然，無論是高傲的哨兵律師，或是引起人生理不適的哨兵嫌犯，都覺得眼前的小嚮導不足為懼，甚至帶了點看好戲的心態。

尤其是安德魯・桑格斯，他第一眼只看到高眺美豔的舒璃似律師，冷哼了聲神態輕蔑，並不把這個趕來幫自己忙的律師當一回事。至於舒璃似，她見識過形形色色的當事人，對安德魯的輕忽態度視而不見，逕直走到他身邊，拉開椅子坐下。

當蘇小雅從律師身後現身，短促地看了安德魯一眼後，那個野獸般狂傲不遜的傢伙，雙眼瞬間放光，爬蟲類般濕冷黏糊的視線帶著令人噁心的欣喜與強烈的性慾望，牢牢鎖在蘇小雅身上，把剛成年的小朋友嚇得控制不住抖了兩抖，小臉又白了幾分。

但蘇小雅很快振作起來，他清了清喉嚨把門帶上，走到不久前何思坐過的位置上，一副泰然自若的模樣坐下，文件夾放上桌子的時候發出叩一聲。

「你很害怕？」安德魯都甚至都不給小響導開口的機會，強勢地搶奪發言權。

蘇小雅平淡地看了他眼，但很快把目光移開，轉向自己手上的文件。「安德魯‧桑格斯，桑格斯古著鋪的負責人，是嗎？」

小嚮導的聲音輕柔舒緩，雖然不強勢卻有種柔韌且百折不屈的味道，不管那種堅韌是真的還是硬裝出來的，起碼以一個實習生來說，開場的表現不算太差，還算能鎮點場子。

只可惜現在他面前的是安德魯這個麻煩人物，連何思那種高階嚮導都不放在眼裡，蘇小雅在他眼裡就是一盤可以直接吞掉的菜。

「你看到我之後，和我對視的時間都沒超過四秒。」安德魯渾然不理會對面問了自己什麼，自顧自說道：「還有，你剛坐下的時候，雖然行動看起來很流暢，但其實遲疑了零點六秒，是什麼原因？之前那個又騷又賤的嚮導問話時，你在那邊看著？」說著用手指朝雙面鏡比了比。

蘇小雅的臉色先是漲紅，接著蒼白，他迅速看了眼安德魯，這次對眼的時間約莫有七八秒，但還是很快低下來翻閱起攤開的文件與資料，同時清了清喉嚨。

「不要多說些不必要的話。」舒璃似出聲制止安德魯意猶未盡的話語，看向經驗不足的小嚮導，冷然道：「請盡快把你的工作完成，我有話要單獨與我的當事人溝通。」

蘇小雅的臉色又白了幾分，他還很年輕，臉頰上有一層細細的絨毛，在燈光下流瀉出柔和的光暈，薄薄肌膚下青色血管因為緊張，變得特別顯眼。

這才第一個問題，他卻已經被眼前兩個哨兵壓制得毫無反抗餘地，主動權完全被拿走，儘管表面看似仍維持冷靜，實際上卻像顆被撬開的蚌殼，柔軟的身體早就被獵食者看見了。

「你為什麼襲警？」他好不容易才整理好旗鼓再次發問。

可這回安德魯還沒回答，舒璃似就先制止了。「這個問題太籠統，我不清楚你想問我的當事人什麼，你是想引導他承認襲警嗎？」

「他就是襲警現行犯！」蘇小雅鼓起臉頰，看起來很生氣，聲音也大了幾分。

「那是你們警方的說法。」舒璃似仍是那種八風吹不動的神態，眼神中帶著嘲諷與輕蔑。「過去也並非沒有警察故意陷害無辜公民襲警。」

蘇小雅半張著嘴，似乎被舒璃似的態度刺到了，直覺就想反駁什麼，但硬生生忍耐下來，兩頰都被氣出了一層粉紅。

「好，那我想請問桑格斯先生，為什麼在見到何警官後，要用店內的塑膠假人砸他？還一連逃了十二個街區呢？」

安德魯哼笑聲。「失手，誰知道那時候有人剛好進店，我只是不小心推倒了塑膠假人，說什麼砸？我才想問他為什麼要站在那種地方不閃。」

「我們有證據顯示，你是在看到何警官後才推倒塑膠假人的，你店裡的監控錄影總不會有錯吧？」蘇小雅從文件中抽出幾張連續截下的照片，正是何思推開店門走入，安德魯原本正在替模特兒換裝，抬頭往店門看去後，突然伸手把模特兒往何思的方向推過去，接著跳過東倒西歪的貨架衝出店門。

「要不要我把這段影片播放給兩位確認？」蘇小雅還是沒忍住翻了個白眼。

「不用，但這也不代表什麼。」舒璃似把照片推回去，用眼神示意安德魯不要開口回答問題。

安德魯不爽地咋舌，目光不善地看了眼自己的律師，但總算願意配合沒開口說話，只是繼續用視線在蘇小雅身上四處舔舐。

「好，就算何警官這件事是誤會，那為什麼要逃走？還連跑了十二個街區？」

「我想活動活動筋骨，誰知道後面有人追著不放。」安德魯咧開嘴，露出缺了兩顆門牙的口腔，犬齒非常發達，牙齒上隱約還殘留著先前受傷留下的血漬。「小朋友，有哪條法規規定，本國公民不能在街上跑步健身嗎？」

「跑步健身？被警察追著也算跑步健身嗎？」蘇小雅的聲音高起來，用力拍了下桌子。「胡說八道也要有點限度！」

「小嚮導，脾氣很火爆嘛！這麼辣，夠勁兒。」安德魯在椅子上挺了挺下身，蘇小雅像被燙到似了，無法控制地往後讓了讓，小臉又紅又白，狼狽又有點可憐。

「你不要這樣……」

「怎樣？我坐累了活動活動不行？」安德魯並沒有特別動用費洛蒙素，他先前被何思警告過，高階嚮導在他身上留下了一定程度的嚇阻作用，但即使如此，面對蘇小雅這種鮮嫩的嚮導，他光靠天生的基因優勢，就足以壓制住對方。

他第一眼就看上這個小嚮導，這麼多年來，他曾經後悔過自己當年在軍隊中的舉動操之過急，那時候他應該用費洛蒙素把那個騷嚮導的抵抗瓦解，就算弄壞腦子也無所謂，只要對方能成為對自己搖尾乞憐的小騷貨就行。

但真要說後悔，其實也沒到這種程度。對比眼前的蘇小雅，也許當年他會那麼做，是因為知道那個賤貨沒資格成為自己的結合伴侶。

嚮導最需要待的地方就是哨兵的身邊，只需要乖乖在家裡操持家務，安撫哨兵的精神就行，什麼參軍、工作等等都是狗屁，哨兵是國家的槍與盾，嚮導就是軍需品，不需要賦予他們任何權利與尊嚴。

像眼前的小嚮導就是，長得好看脾氣又爆，看起來年紀很輕，身材雖然清瘦但從衣領露出的鎖骨線條，還有柔韌的小腰，都像鉤子一樣在安德魯心口上刮搔。

他舔舔嘴唇，幾乎沒聽見蘇小雅又問了什麼，只是盯著那兩片嫣紅的嘴唇間，白細的牙齒與嫩嫩的小舌尖。

安德魯・桑格斯聽見自己的心跳砰砰砰地撞擊在胸口上，迴盪在耳道乃至於腦殼當中，周圍的聲音都漸漸遠去，被心跳及血液奔湧的聲音掩蓋，他口乾舌燥，呼吸急促……當年他就是在這種狀況下，襲擊了同寢的嚮導。

這並不是結合熱，只是一種獵食本能。有些人的本能在演化及社會化過程中，漸漸淡去；有些人則剛好相反，他們更本能。

而安德魯，就是屬於特別本能的那種存在。

隱約間，他聽見蘇小雅的聲音。「你為什麼要攻擊西荊區的員警？他應該有請你停下來，並且身上穿著制服，證明了自己的身分。」

「哼，他追不上我，不好好反省自己，還有臉跑到你面前哭鼻子嗎？」安德魯的眼角餘光掃到自己倒映在雙面鏡上的模樣，雙目赤紅、臉色扭曲，像一頭瀕臨發狂的獅子。

身邊的律師也發現狀況不對勁，打算制止安德魯回話，並結束這次問訊。

但安德魯現在的狀態受不得一絲刺激，原本哨兵之間就有很強烈的對抗與競爭關係，即便演化到現在，和平時代不需要哨兵這麼強的攻擊力與領域觀，但越是高階的哨兵越抵抗不了這種烙在基因上的本能，他們也許可以用理智控制，可一但理智出現破口，就很容易導致鬥毆事件。

舒璃似目前還是很冷靜的，但她被安德魯的強烈攻擊性刺激到，反射性釋放出抵禦性質的費洛蒙素，這下子卻令安德魯更加亢奮，攻擊性也節節上升，渾身肌肉顫抖起來，喘息得更加粗重。

「你、你做了什麼！你用嚮導素影響我的當事人嗎？我要求立刻中止這場問訊！我要檢舉你濫用費羅蒙素引導哨兵神智！」舒璃似畢竟是個身經百戰的律師，很快發現安德魯的不對勁源頭來自蘇小雅，她連忙起身往旁邊閃躲，避免繼續刺激安德魯，原本高高在上的冷漠神態裂開了，顯得氣急敗壞。

「我沒有。」蘇小雅不急不緩，原本故作鎮定的神態收斂起來，轉變為真正的淡漠，看了眼舒璃似道：「如果我有刻意散發嚮導素，妳會聞不到嗎？論等級，我記得您是A++級哨兵，五感肯定高於安德魯．桑格斯。」

安德魯還在粗喘，牙關咬得喀喀作響，嘴角冒出白沫，雙眼的微血管似乎破裂了，鮮豔的血色蔓延開來，看得人心生恐懼。男人渾身的肌肉都緊繃到極限，手銬隨著顫抖的肌肉嘩啦啦敲擊在金屬桌面上，聽得人牙酸，也懷疑還能把安德魯銬住多久。

「你做了什麼！」舒璃似再次厲聲質問，一箭步衝至雙面鏡前用力拍打鏡面。「我知道你們在對面！馮艾保，何思！我現在就要終止這場問訊！」

雙面鏡那頭沒有絲毫反應，彷彿根本沒人在監控室。而審訊室門外也是半點動靜都沒有。

「妳不詢問當事人的意見嗎？」最終回應她的，是蘇小雅平淡的聲音。

明明對方是個頂多剛成年的嚮導，一直到五分鐘前舒璃似都看不起這故作鎮定，實則上破綻百出的小朋友。

一個實習生，什麼經驗都沒有，連掩藏自己的畏縮都辦不到。

而今，她卻因青年冷漠到毫無起伏的聲音，背脊寒毛直豎，不自覺流了一掌心的冷汗。

她回過頭，冷笑。「我的當事人現在沒有足夠的行為能力，我可以代表他做決定。等著，我會查清楚你做了什麼，絕對不會輕易放過這件事！」

「在我看來，桑格斯先生的行為能力不成問題。」蘇小雅比出請的手勢，引導舒璃似的目光回到安德魯身上。

先前還像頭失控野獸的男人，現在已經恢復了平靜，一頭散髮被汗水沾濕，看起來有點疲倦，但雙眼神采飛揚，精神好得令人毛骨悚然。

「桑格斯，我們必須中止這次……」舒璃似不知道這短短兩三分鐘裡究竟發生了什麼事情，為什麼安德魯的狀態會丕變，但她確定問訊假如繼續進行，肯定會有什麼她極力想避免的事態發生。

「不，我可以。他想問什麼就問，年紀輕輕就懂得勾引人的騷貨，我難道還怕他不成？」安德魯打斷舒璃似，他現在感覺到自己滿身精力無處發洩，人生從未如此舒暢過，對眼前的小嚮導更加貪婪。

舒璃似還想說什麼阻止他，但蘇小雅沒給她機會，很快推出一張照片給安德魯。「照片裡的女性在你的古著鋪消費過對吧？」

赫然是之前何思給安德魯看過的黎英英的照片。

「這個問題與襲警無關，我們……」舒璃似內心警鈴大作，可她的抗議再次被安德魯打斷。

「對，她來買過東西，一件男性的燕尾服。」安德魯咧著嘴，說得口沫橫飛。「這個賤人！她明明是個哨兵，卻還替另一個哨兵買禮服！說是要在畢業舞會上穿，她以為老子看不出來嗎？這賤人在店裡逛了半個多小時，把每一件燕尾服都拿來跟她帶來的雞尾酒短禮服對比過，才選了這套最像一對兒的燕尾服……真他媽噁心！哨兵愛上哨兵！這是墮落！這是對基因的玷汙！他們就應該去死！」

「安德魯！你閉嘴！」舒璃似尖銳地吼了聲，但一切都晚了。

安德魯像是全然沒聽見舒璃似的制止，目光恍惚又狂熱地說個不停。「本來我只想趕她離開，我見過這對下賤的哨兵，倫恩是個好孩子，但他太年輕，心軟而且不切實際，被那些什麼天賦人權、人人平等給洗腦了。平等也好公平也好，這些垃圾全是弱者妄圖與強者並肩而創造出來的名詞，削減他人的優勢來彌補自己的殘缺，不知感恩！貪得無厭！舊人類太多，一群螻蟻安居在哨兵頭上。而那些被螻蟻影響了腦子的哨兵，是最下賤的存在！就應該被燒成灰！」男人大口喘息著，口水沫從嘴角及門牙缺口往外噴，雙眼發直地盯著蘇小雅。

「倫恩原本應該只是想跟我傾訴自己看到的事情，但我知道，白塔正在被這種垃圾汙染，裡面的未成年哨兵都在被帶往墮落的道路，他們該死！該死！但我本來也沒打算對他們動手……起碼他們還在白塔裡的時候還不行。」

舒璃似多次制止都沒辦法停下安德魯的喋喋不休，末了她臉色一整，漠然地坐回自己的位置上，低頭不知道用手機在和誰傳訊息，徹底不理會安德魯了。

「你和鄒太太洗衣店以及殯儀館有私下交易？」蘇小雅的聲音很清亮，彷彿完全沒有雜質的溪水，可以直接看透水底，儘管帶著涼意仍令人很舒服，安德魯享受地瞇上眼，整個人放鬆地靠在椅背上。

「只是個互利互惠的小生意，這個世界扭曲而且不公平，利益掌握在少數人手裡，像我這樣的哨兵被螻蟻寄生，被白塔監視，就為了迎合這個軟弱的社會。」安德魯露出扭曲的笑意。「我只不過是為自己奪回一些屬於我的利益。」

「喔，你不是說公平，是弱者妄圖與強者並肩而創造出來的嗎？你一個強者，為什麼需要公平？」蘇小雅白細的手指在桌面上輕敲，咚咚咚、咚咚咚。

安德魯睜開眼，神態迷茫，但很快他又振作起來，神態陰狠地看著蘇小雅。

「你想惹怒我？還是想操控我？自作聰明的小婊子，我不知道那些軟弱的哨兵為什麼會被嚮導操縱腦子，可我不是那種娘兮兮的垃圾，嚮導不過是哨兵的附屬品，你應該服從我的掌控，而不是傻到想操控我！」說罷，安德魯深深吸了口氣後張開嘴。

蘇小雅知道他想幹什麼，即便哨兵自己沒有意識到，但他的情緒卻早已塞滿了審訊室的三坪空間，蘇小雅甚至都不需要刻意用精神力觸手去試探，就能感受到安德魯扭曲的惡意與貪婪性慾。

這個動作在步行者天堂廣場中，安德魯就做過，雖然監視畫面沒有聲音，但何思解釋過，這是哨兵在軍隊中會學到的技巧，用嘶吼擴散哨兵素的威力，達到震懾敵人的目的，很多等級稍低的嚮導，大概率會因此被控制住，瓦解所有對哨兵的防備跟抵抗。

他眯著眼，迅速看了眼雙面鏡的位置，與此同時紺猛地竄出，在安德魯發出吼聲的第一個音節在那迅雷不及掩耳的瞬間，閃電般發動襲擊，撲向哨兵青筋浮凸的頸側。

「啊呃！」宛如被按下了消音鍵，安德魯依然張著缺了門牙的嘴，弧度大到可以直接看到咽喉處的小鈴鐺，他原本生氣昂然的表情僵硬片刻，倏地委靡下來，如倒塌的巨塔般癱軟在椅子上。

口水從來不及閉上的嘴角緩緩往下流淌，陰狠惡毒的雙眸發直，恍惚的完全失焦，愣愣地盯著桌面上的黎英英看……不，這麼說也不對，安德魯其實沒在看什麼，他的意識好像突然潰散了，雙目只是空洞地恰好落在桌面上。

「你攻擊我當事人的精神圖景！」儘管早已放棄安德魯，舒璃似好歹是個律師，她不可置信地看向面無表情蘇小雅，神色扭曲。「你竟然違法刑訊！」

「我沒有。」蘇小雅平靜地回道，很有耐性地解釋：「我知道舒女士是個非常專業的刑事律師，肯定熟知與審訊有關的所有法規。其中就有一條，若嫌犯主動用精神力、費洛蒙素或精神體攻擊警務人員，依法我們可以反擊自保。」

「他沒有用精神體……」舒璃似正欲辯解，就看見一隻毛色滑順如絲緞般的俄羅斯藍貓叼著一條蛇跳上桌子。

那是一條內陸太攀蛇，目前已知毒性最強的陸棲蛇，自然界已經不存在這種蛇，舒璃似律師並不知道這條蛇是什麼來頭，可是蘇小雅很清楚，他就是喜歡些奇奇怪怪的東西。

紺咬著蛇的七寸位置，儘管是精神體，但弱點與真正的蛇卻是相同的，直接重傷了安德魯的精神圖景，也難怪他現在一副失魂落魄的模樣，所有的屏障已經被蘇小雅徹底攻陷了。

「如果他沒讓自己的精神體出面攻擊，我怎麼逮得到這隻小可愛呢？」小可愛三個字蘇小雅刻意加重了咬字，他表情雖沒有任何波動，舒璃似卻莫名覺得臉頰熱紅，彷彿被人當面搧了幾下耳光。

的一切。

雙面鏡另一邊，馮艾保咻地吹了聲口哨。

何思沒有他的驚喜與欣賞，反而有點愣愣的，不敢置信地看著審訊室中發生

半晌後，他聲音乾澀問：「你教他的？」

「這可沒有。」馮艾保撇清得很快，眼看搭檔似乎快腦溢血暈過去了，又補了句：「我就是給他一點暗示而已。」

「暗示？」何思明明坐在椅子上，卻給人搖搖欲墜的感覺，他心情很複雜，說不上是欣慰還是驚駭，只能揪著馮艾保找答案。

「我沒想到小眉頭這麼能舉一反三。」馮艾保低低笑著，對搭檔攤手。「我就是告訴他，依法我們面對安德魯・桑格斯這種垃圾……抱歉，我不該侮辱垃圾，總之遇上了我們什麼都不能做，除非對方精神不穩定時可以安撫他們，或者對方先出手攻擊的時候，我們可以反擊自保。」

見何思摀著胸口喘氣，臉上的表情像被打翻的醬料，五顏六色又五味雜陳。

他又聳聳肩，無辜道：「我做錯了嗎？我以為這是對實習生應盡的義務，歡

迎來到法治社會。」

且不論何思到底什麼想法，審訊室裡的氣象和先前完全不同。

也許是突遭變故，完全超出了舒璃似的意料之外，導致她一時間不知道該如何反應，也可能因為她早就不打算繼續幫助安德魯了，等回律所後，她大概會隨意把這個人扔給某個新人負責，是死是活都與她再無關係。

所以當蘇小雅有理有據地提出反駁後，舒璃似果斷地拎起公事包，側身對安德魯說：「桑格斯先生，我有急事必須先行離開，晚點我會請其他人來接手你的案子。請你務必不要再多說什麼了。」

拋棄得果斷且冷酷，其實也不令人意外，對舒璃似來說，安德魯這個委託人本來也不是什麼好的業主，窮又難以控制，當初會接下這個案子講白了也是萬不得已。

「你說你叫做……」離開前，她轉頭看著蘇小雅問。

「蘇小雅。我還是個實習生。」蘇小雅是個禮貌的孩子，在舒璃似提包起身的同時，他也跟著起身目送。

「我記住你了。」舒璃似勾起抹著豔麗紅彩的唇，接著朝雙面鏡點點頭。「馮艾保，何思，我們下次見。」

與其說道別，不如說是下戰帖，丟下話後女哨兵瀟灑轉身，離開審訊室時碰一聲把門甩得震天響。

紺這時候叼著奄奄一息的內陸太攀蛇窩在桌面一側，蛇身極長約有兩公尺，現在是癱軟成被擰過的麻繩，要不是安德魯還在呼吸，身體微微發著抖，蘇小雅都要以為那是條死蛇。

既然律師不在了，安德魯的毒牙也被拔掉了，那這場審訊也差不多可以收尾了。

蘇小雅坐回椅子上，咚咚敲了兩下桌面。「安德魯‧桑格斯，你對黎英英跟簡正的禮服做了什麼？」

安德魯身形變得佝僂，即便只是單純敲桌面的聲音都讓他瑟瑟發抖，眼神恍然地看向蘇小雅，似乎沒聽清楚對方問了自己什麼。

蘇小雅也不急躁，緩慢明確地把問題又問了一次。這回，安德魯總算緩過神了，但再也不復先前的跋扈囂張，非常合作地把整個事件始末和盤托出。

安德魯四年前繼承家業後，古著鋪一度險些關門。理由也很簡單，他是個哨兵至上主義者，又是SG的狂熱崇拜者，對普通人及嚮導，甚至低階哨兵都充滿敵意，心裡很看不起這些人，甚至於在生意上都並未特別掩飾，惡劣的態度讓客人漸漸不願意再來光顧，畢竟古著鋪到處都有，何必給自己找不開心？

但沒了生意，就算安德魯再怎麼自命不凡，生活開銷卻是赤裸裸的現實，有句古話說「三文錢難倒英雄好漢」，安德魯也許不是英雄好漢，難倒他的卻是比三文錢要嚴峻的問題。

這時向他遞來橄欖枝的就是鄒太太洗衣店，找他一起合作個生意。

鄒太太洗衣店的老闆是鄒太太的兒子，一個低階哨兵，與安德魯從小就認識，也是個信仰SG的狂熱分子。他是家裡多年來唯一一個哨兵，可惜身體有殘缺，等級並不高，離開白塔後找不到心儀的工作，最後不得已在殯儀館混口飯吃，並在母親去世後離職繼承了家裡的洗衣店。

鄒太太兒子所說的生意，就是與他當年殯儀館的同事合作，盜賣死者身上的值錢物品。一開始只是剝除死人身上的衣物飾品等等，清潔後賣掉換錢，緩解了兩人的經濟壓力，再往後這種被動收入滿足不了他們了，於是把歪腦筋動到古著鋪的二手衣生意上。

簡單來說，就是把古著鋪的衣服出租給死人當殮衣，和馮艾保之前猜測的差不多，很多人過世的時候可能因為各種原因沒有準備好殮衣，國內又時興讓亡者穿著正式的服飾火化或下葬，安德魯他們幾人便趁虛而入，開拓了這條生意，號稱是方便家屬，給他們可以便宜向殯儀館購買殮衣的管道，實際上這些衣服最後還是剝下來再送回古著鋪。

總之來來往往是一條非常完整的產業鏈。

這也就方便了安德魯後來動手腳。

黎英英去古著鋪購買衣服的時候，從監視器上看是她主動攀談的，但安德魯供述，他在包裝衣服的時候刻意把一塊並不顯眼的黃漬翻出來，故意讓黎英英發現。

少女是為了跟男朋友有個畢生難忘的舞會，這才偷溜出白塔買禮服回去要給男朋友驚喜的，沒發現黃漬時還好，一旦發現了她怎麼可能忍受得了？所以詢問安德魯有沒有同樣款式的衣服可以換？

自然是沒有的，安德魯在這時候終究還是沒壓制住自己內心的惡念，他不確定兩個少男少女會不會有生命危險，但受到一點教訓是肯定沒問題的，想到自己的外甥有可能被這種雙哨兵戀的垃圾影響，安德魯心裡的怨毒跟氣恨就不打一處來。

所以他提議，可以幫黎英英把衣服送洗，肯定能去除黃漬，還「體貼」問了句少女要不要順便送洗自己的禮服，黎英英不出所料地欣然同意。

雖說要給這兩個人一個教訓，但時間很趕，安德魯也不確定到底該怎麼做才好，他有個想法，卻不見得有時間實現。

然而，事情就是這麼巧，他剛把這兩件禮服拍照傳送給殯儀館的同夥，兩小時後對方就回訊息說有人看上了這兩套衣服，喪禮就在明天，要他今天把衣服送過去。

死者恰好是一對年輕夫妻，死得很突然，父母不願意火葬自己的孩子，決定要用土葬。兩具屍體都是防腐過的，藥劑劑量下得略重，衣服穿在屍體上大半天，就被防腐劑深度汙染了。

「這是命運，是造物主都看不下去雙哨兵這樣玷汙自己的血統跟基因，這是自然的淘汰機制。」安德魯神經質地說著，雙眼閃爍著瘋狂。「要完全洗乾淨被汙染這麼嚴重的衣服，原本就非常困難，還很容易把衣料洗壞。所以，何必麻煩呢？我去洗衣店，要他們把正在清潔的衣服弄乾了還給我，他本來不願意，怕出什麼意外，被別人發現我們賺死人錢。但我要他安心，這套衣服是一對舊人類要的，頂多讓他們不舒服幾天罷了，整整這群螻蟻不好玩嗎？」

於是這兩套衣服，就被送去了白塔，寄出的人是安德魯，鄒太太的兒子在他的供述中，是完全不知情的。

後頭發生的事情就如調查所知的，因為陳雅曼調亮了舞台燈，導致藥物揮發速度加快，濃度也增加了，大禮堂是白塔裡唯一不壓制哨兵五感的地方，最終導致黎英英與簡正猝死。

要說安德魯是刻意殺人嗎？他有那個心思，可是選擇的方式不確定性很高，若是沒有那盞舞台燈，也許兩人還有救。但要說安德魯不是刻意的，只是如他所說的要給兩人一個教訓，使用手段也未免太有針對性了。

角落的印表機跑出幾張安德魯自白的逐字文稿，蘇小雅走過去拿起來翻閱，確定上面的文字沒有錯漏，便回到安德魯身邊把自白書放在他面前。「來，仔細看一次，沒問題就簽名。」

安德魯看起來很疲倦，他沒有翻閱自白書，直接拿起筆簽下名字。

紺鬆開對內陸太攀蛇的箝制，那條蛇依然半死不活地僵直在原處，優雅的藍貓翹著尾巴，步履輕盈地回到本體身邊，喵嗚了幾聲邀功後就回去了。

蘇小雅也懶得繼續面對安德魯，乾脆離開審訊室。

何思及馮艾保已經等在外面了，他看到兩人時微微揚了下小巧下顎，一副得意的模樣。

何思用精神力觸手拍了拍他，透過精神力很明確感受到蘇小雅的疲倦，心情也非常低落，本該活力充沛的精神力觸手，現在看起來像枯萎的藤蔓。

「小眉頭不簡單啊！立了大功。」馮艾保對他比了個大姆指，還想說什麼，手機卻響了起來。

馮艾保接起手機，懶洋洋地喂了一聲，對面傳來很急促的聲音，兩個嚮導都聽不清楚說了什麼，但見馮艾保表情好像也沒啥變化，應該不是什麼大事吧？

電話很快就結束了，馮艾保收起手機，歪著腦袋對兩人笑笑。「倫恩・切斯特失蹤了。」

（待續）

後記

我是一個很不擅長寫後記的人，對我來說一千字的後記比三十萬字的小說還要難發揮，每次都讓我手足無措啊！

那，我們來個正統點的開場好了……

哈囉各位新朋友與舊朋友，我是黑蛋白，也是《貓與老鼠從來都是相愛相殺的關係》這篇故事的作者。這是一本刑偵為背景的故事，也是我的初次嘗試，畢竟過去的我寫的都是以肉為主的，男人間的愛情故事啊~~如果你是舊朋友，應該知道這本書是我所有作品中感情線最隱晦，狗血度最輕微，性愛程度也最低的一本，整整三十多萬字，本篇中竟然只有六千多字的性愛篇幅，簡直不敢相信！

不過畢竟是刑偵故事，性愛的場面真的一時半刻塞不進去，難得寫了哨兵與嚮導的背景，這可是三大打炮世界觀之一啊！這麼清水我覺得對不起列祖列宗。

（祖先表示：閉嘴！不要亂講話！）

不過這只是暫時的，雖然目前篇幅有三十多萬字，但實際上整個故事只完成了第一部而已，我目前的規劃應該還有一到兩部要進行，也就是還有三十到六十萬字，這麼多字數除了可以出現更多有趣的殺人案之外，當然也是因為我空出了很多字數寫肉啊！

第一部我為了把世界觀完整呈現給大家，並且我真的很喜歡刑偵故事，加上兩個主角的性格關係，暫時無法有很明顯的愛情線，而且蘇小雅才剛成年，十八歲的小朋友我覺得還是應該讓兩人確定戀愛關係後，再來啪啪啪啪啪比較好，所以暫時就收斂了一些。

不過，收錄在第四集的不公開番外，我還是寫了個平行世界番外，讓兩個人一見鍾情後盡情地愛了一把～另外我也寫了關於第三案主犯謝一恆／謝一宙以及中村明的故事。

我很喜歡這一對，可惜在故事中他們已經天人永隔，我也沒有更多的篇幅去詳細寫他們的故事，還好出版實體書的時候編輯給了我足夠的字數，讓我能夠好好講一下他們雖然無法長相廝守，但依然很熱烈的愛情故事。

說起來，台灣角川的百萬小說創作大賞還是我人生第一次參加比賽，當初看到比賽消息的時候，我是很畏縮的，雖然很眼饞比賽獎金跟獎勵，但我對自己其實沒有非常多的自信。

幸好最後還是鼓起勇氣參賽了。

也因為有台灣角川的比賽，我才有機會嘗試把《貓與老鼠從來都是相愛相殺的關係》的故事寫出來。就如同我之前說的，過去我寫的故事多半比較情感向，也比較多性愛場面，我個人當然也很愛這樣的風格，狗血故事是我此生不變的熱愛。

但我也很想試試看自己是否有辦法寫更劇情向，甚至比較需要思考的故事，然而先前我是完全沒有勇氣嘗試的。

當初決定參賽的時候，我花了兩個月的時間看了一堆刑偵劇，買了一堆工具書，電腦裡的資料夾有個專門收錄殺人計畫的子分類，我都好怕哪天被人看到這個資料夾，會被誤以為有什麼精神方面的疾病，或者人格出了問題哈哈哈。

希望這篇故事能讓閱讀的各位喜歡，也希望第二部第三部各位能繼續支持！

我會在角角者平台上繼續連載後面的故事唷！

感謝購買本書的你，希望我們未來還能繼續在故事裡相見～

黑蛋白

國家圖書館出版品預行編目 (CIP) 資料

貓與老鼠從來都是相愛相殺的關係 / 黑蛋白作 .
-- 初版 . -- 臺北市 : 臺灣角川股份有限公司 ,
2023.07-
面 ; 公分
ISBN 978-626-352-731-7(第 1 冊 : 平裝)

863.57 112007659

貓與老鼠從來都是相愛相殺的關係 1

2023年7月27日　初版第1刷發行

作　　者　黑蛋白
插　　畫　嵐星人

發 行 人　岩崎剛人
總　　監　呂慧君
編　　輯　陳育婷
美術設計　吳乃慧
印　　務　李明修（主任）、張加恩（主任）、張凱棋

台灣角川

發 行 所　台灣角川股份有限公司
地　　址　台北市中山區松江路223號3樓
電　　話　(02) 2515-3000
傳　　真　(02) 2515-0033
網　　址　www.kadokawa.com.tw
劃撥帳戶　台灣角川股份有限公司
劃撥帳號　19487412
法律顧問　有澤法律事務所
製　　版　尚騰印刷事業有限公司
I S B N　978-626-352-731-7